말 안 하면
노는 줄 알아요

이지니 에세이

말 안 하면
노는 줄 알아요

백수라는 오해는 이제 그만!
방구석에서 꿋꿋하게
일도 하고 꿈도 꾸는
프리랜서 라이프 에세이!

세나북스

일 안 하는 사람으로 종종 오해받지만

방구석에서 꿋꿋하게 일도 하고 꿈도 꾸는

프리랜서 이야기

내가 심심해서
SNS 하는 거로 보이니?

"미안해, 내가 요즘 너무 바빠서 연락을 못 했네."

"뭐? 바쁘다면서 인스타그램은 매일 하더라?"

아, 구구절절 사연을 또 읊어야 한단 말인가.

'야! 분위기 좋은 카페나, 호텔 탐방하면서 사진 한두 장 올리는 네 피드와 무명작가가 한 번이라도 더 자신의 책을 홍보하려고 발악하듯 글 올리는 내 피드가 같니?'라고 쏘아붙이고 싶지만 참는다. 돈은 없지만 5년 동안 '글 쓰는 길'에서 한 번도 뒤를 돌아보지 않으려 애쓴 내 상황을 누구보다 잘 알면서 저런 말을 하다니. 제아무리 마음이 넓은 사람도 편히 못 들어 줄 말 아닌가.

그렇다, 나는 무명작가다. 지난 2021년 4월에 출간한 『무명작가지만 글쓰기로 먹고삽니다』로 내 처지(?)를 고백한 바 있다. 정해진 시간에 출퇴근하지 않는, 시간을 내 마음대로 활용하는 프리랜서 작가다. (이 업(業)이 절대 프리(free)하지 않다는 걸 우리 프리랜서들은 잘 알지요) 연예인처럼 소속사가 있는 것도 아니니 일 찾기나 스케줄일랑 알아서 자~알~ 관리해야 한다.

프리랜서로서 제일 중요한 건 뭐니 뭐니 해도 '셀프 홍보'다. 내가 인스타그램이나 블로그를 하는 이유는 글 쓰는 게 즐거워서이기도 하지만, 그 자체가 '내 일'이기도 하다. 글을 업데이트하지 않으면 가뜩이나 무명인 나를, 내 책을 알아줄 사람이 없지 않겠나.

'네가 매일 출퇴근하는 것처럼, 내가 하는 인스타그램이

나 블로그는 '내 일'이라는 시츄에이션이란 말이다!'

이렇게 내 입으로 해명(?)하지 않으면 내가 노는 줄 아니, 이 어찌 억울하지 않을쏘냐!

하여, 이번 책은 내 억울함을 호소하기 위한 '비상구'이기도 하고, 나 같은 누명을 뒤집어쓴 채 살아가는 전국의 수많은 프리랜서 작가님들의 '대변인' 역할로 쓴다. 물론 억울함만 글로 쏟아낸다면 재미없겠지. 방구석에서 일할지라도 더 큰 꿈을 향해 전진하는 '긍정녀'의 모습도 담겨 있으니 기대하시라.

특히, 나처럼 "너 집에서 노니?"라는 누명을 누군가도 쓰고 있다면, 이 책이 그 누명을 씻어줄 순 없어도, 나와 같은 상황인 당신의 마음을 유쾌 상쾌 통쾌하게 할 웃음을 전하고 공감 가는 이야기를 들려 줄 수 있을 것이다.

늘 그랬듯 이번에도 술술 읽히는, 읽기 쉬운 글을 쓰려 부단히 노력했다. (노력이 느껴진다고 말해 줘요, 얼른!) 내용의 솔직함은 덤이다. 글은 쓰면 쓸수록 어렵다. 명색이 벌써 6번째 책이다. 전작보다 조금은 더 나은 글로 독자분들을 만나야 도리인데…. 약한 모습은 여기까지 보이도록 하겠습니다.

지식이나 정보 전달까지는 이 책에 담지 않았다. 아, 그건 있다. 프리랜서 작가라서 겪은, 겪을 수밖에 없는 웃지 못할 에피소드. 무엇보다 이 책이 여러분들에게 잠시 쉬어가는 '공원 의자'가 되길 바란다.

그럼, 좋은 시간 되십시오!

2022년 9월

놀지 않고 매일 일하는
6년 차 무명작가 이지니

CONTENTS

Part 1 나로 말할 것 같으면

Part 2 별일인 듯, 별일 아닌, 별일 같은 일

CONTENTS

Part 3 방구석에서 얻은 깨달음

Part 4 방구석에서 꾸는 꿈

명확히 설정된 목표가 없으면, 우리는 사소한 일상을
충실히 살다 결국 그 일상의 노예가 되고 만다.

- 로버트 하인라인 -

Part 1

나로 말할 것 같으면

진정한
덕질의 힘

    자신이 좋아하는 분야에 심취하여 그와 관련된 것들을 모으거나 찾아보는 행위를 '덕질'이라고 한다. 이 단어가 생긴 지 오래되지 않아서인지 현재 표준국어대사전에는 등재되지 않았다.

    나도 어릴 적에 덕질이란 걸 해 봤다. 대상은 가수 서태지(오빠)였다. 정확히 말하면 그룹 '서태지와 아이들'이 3집 앨범 타이틀곡인 <발해를 꿈꾸며>를 들고나온 1994년 8월부터다. 내가 생각하는 팬의 기준은 그(그녀)가 텔레비전에 나오면 무슨 일이 있어도 채널을 돌리지 않는 건 기본이다. 화면에서 사라질 때까지 온전히 그에게 집중해야 하며, 신문이나 잡지에 사진이나 기사가 실리면 이날을 위해 그동안 모은 용돈으로 그것들을 사들이거나 친구가 구매한 잡지를 얻어낸다. 물론 콘서트에 가서 목이 쉴세라 그의 노래를 따라부르는 것 또한 중요한 임무다.

서태지와 아이들은 1996년 1월 31일에 은퇴했다. 말 그대로 박수 칠 때 떠났다. 감사하게도(?) 그들은 내 생일 전날 은퇴를 하신 바람에 날짜를 잊고 싶어도 뇌리에 박혔다. '태지 오빠를 좋아하기 시작한 지 겨우 1년 반밖에 안 됐는데….' 나는 그날 식탁에서 밥을 먹다가 '은퇴 속보'가 뜬 것을 보고 밥인지 눈물인지 콧물인지 모를 이물질이 입 속으로 들어가는 경험을 했다. 내가 가장 좋아하는 무생채를 씹고 있었지만, 혀를 설레게 하는 미각은 사라진 지 오래였다.

대한민국의 평범한 청년으로 살겠다던 그는 4년 4개월 만에 복귀를 선언했다. 개구리 왕눈이가 되도록 몇 날 며칠을 울게 만들어놓을 때는 언제고…. 은퇴를 번복했지만 그게 뭐가 중요할쏘냐. 우리 태지 오빠가 돌아온다는데….

그해 여름, 태지 오빠의 귀국을 축하해주려 생전 처음 김포공항엘 갔다. 수많은 경찰, 그보다 더 많은 팬. 노란 손수건을 흔들며 얼굴을 비춰주길 기다렸다. 너무 좋으면 눈물이 나는 경험을 한 적이 있으신지? 난 이날 처음으로 경험했다. 은퇴 이후 태지 오빠가 너무 보고 싶어서, 그리워서 눈물이 멈출 생각을 안 했다. (TV에서 연예인이 너무 좋아 우는 사람을 보고 우리 부모님이 그렇게나 욕을 하셨는데, 당신의 딸이 '그런 애 중 하나'였다는 걸 이 지면으로 십수 년 만에 아시겠지요)

이때부터 나의 뛰어난(?) 열혈 방청객 기질이 드러났는지, 눈물 콧물 흘리며 열렬히 환영하는 내 모습에 놀란 모 기자는 다음 날 아침 스포츠 신문 1면에 내 얼굴을 만천하에 공개해 주셨다. 방송 3사 뉴스의 머리기사를 장식할 만큼 대단한 귀국을 마친 그는 이전까진 경쾌하고 발랄하며 때로는 간드러진 음악으로 내 귀를 녹였다면, 이번에는 록(ROCK)을 들고 돌아왔다. 개그맨 최양락을 연상케 하는 머리칼을 휘날리며.

그의 화려한 귀국과 함께 나의 본격적인 덕질이 시작됐다. 24시간 공부해도 모자랄 고3 수험생 신분에 수업을 빠지고 음악 프로그램에서 진행하는 사전 녹화를 방청하러 갔다. 앨범이 나오기 전부터 레코드 가게 사장님께 예약한 뒤 대형 사진을 얻어냈다. 그의 콘서트 입장권을 손에 쥐기 위해 입장권을 판매하는 해당 은행 앞에 텐트를 치고 쪽잠을 청했다.

스탠딩 콘서트(standing concert)라 먼저 입장해야 유리했기에, 하루 3끼를 통으로 거르고 줄을 서다 빈혈로 쓰러졌다. 콘서트 관계자들이 들것에 실어서 휴게실로 옮기고 정신 차린 나에게 빵과 우유를 줬다. (눈물 젖은 빵 맛은 잊어도 들것에 실린 후 깨어나서 먹은 빵 맛은 죽어도 못 잊는다) 그의 노래에 맞춰 목을 빙글빙글 돌리다 목디스크가 생겼다. 그것도 모자라 좋아하는 떡볶이를 마다하고 돈을 모아, 이미 십수 년이 지난 터라 구하기 힘든 그의 콘서트 비디오테이프와 사진을 정가보다 몇 배나 비싸게 주고 샀다. 이 모든 노력은 고스란히 '대입 재수'로 이어졌다.

부모님에게는 죄송하지만 내 행동에 후회는 없다. 뭐 당연한 결과라고 생각하니 억울하지도 않다. 오히려 내게 '그 시절에만 할 수 있는 경험'을 맛보게 해준 태지 오빠에게 고마웠다. (아직도 제정신이 아니란 걸 스스로 증명) 수많은 팬 중 그저 나는 한 사람일 뿐이고 오빠가 영원히 내 존재를 모른다고 해도 괜찮다. 진정한 팬이란 '그(그녀)'의 행복을 진심으로 빌어줘야 한다는데, 나도 그의 가정에 축복을 빌어줄 거다. 하하.

무엇에 미쳐본 적이 있다는 건 미래가 건강하다는 의미

학생 신분으로, 그것도 대학 입시를 한 번 더 준비해야 하는 막대한 임무 앞에서 했던 저런 짓(?)은 누구라도 쉽게 이해하지 못할 듯하다. 그러나 지난 일을 후회해서 무엇하리. 조금만 달리 생각하면 후회로만 남을 일은 또 아니다. 무언가에 미쳐본 적이 있다는 건 '열정'이 있다는 뜻이고, 다른 분야에서도 열정을 발휘할 확률이 높다는 의미다. 내가 두 번째로 미친 일이 '글쓰기'이기 때문에 자신 있게 말할 수 있다.

'평생 글을 쓰겠다'라고 다짐한 날부터 지금까지 나는 '쓰기'에 미쳐 있다. 누가 들으면 잠도 안 자고 글만 쓰는 줄 알겠지만 그건 아니고, 약 10년 동안 한 번도 메모장에서 손을 뗀 적이 없고 5년 동안 단 하루도 한글 문서를 열지 않은 날이 없다. 아무리 바쁘고 피곤해도 하루에 열 줄이라도 쓰려고 했다. 노력이라면 노력인 이 행위 덕분에 2017년부터 매년 한 권의 책을 출간할 수 있었다. 어릴 때는 가수 서태지에게 미쳤지만, 지금의 대상은 글쓰기인 셈이다.

매일 아침, 오늘은 어떤 글감으로 글을 쓸지 생각한다. 글감이나 아이디어가 머릿속에 스치기라도 하면 잠을 자려고 누웠다가도 벌떡 일어나 메모한다. 티브이를 보거나 책을 읽을 때 중요한 내용이다 싶으면 메모한다. 글쓰기를 사랑한다면 이 정도 덕질은 필요하지 않을까 싶어서다. 무엇보다 중요한 건 쓰는 행위 자체가 재미있다. 메모장을 채울 때마다, 메모장에 쌓인 글을 제대로 된 한 편의 글로 완성할 때마다 희열을 느낀다.

내가 이렇게 할 수 있는 건, 어린 시절의 '서태지를 향한 덕질' 덕분이라고 생각한다. 재수까지 할 만큼 무언가에 빠져 열정을 다해 실행하고 즐겼고, 그건 정말 멋진 경험이었다. 훗날 자신이 정말 하고 싶은 일, 잘하고 싶은 일, 잘할 수 있는 일을 만났을 때 예전의 그 신나는 기분을 다시 맛보기 위한 노력이 가능하다. 그리고 그 노력은 예전보다 몇 배 더 큰 보상으로 돌아올지도 모른다.

혹시라도 당신의 자녀나 주위 친구가 무언가에 심하게 빠졌다면, '아, 저 정도의 열정이라면 훗날 자신의 길을 만났을 때 포기하지 않겠구나, 끝까지 나아가겠구나'라고 좋게 생각해주시길. 그때의 우리 엄마가 내게 그랬듯이. (단, '나쁜 짓'에 빠지는 것은 제외)

내 카카오톡
이모티콘이 어때서

"어머, 지니야…. 너 이런 이모티콘을 쓰면 남자들이 싫어해."

내가 쓰는 이모티콘을 보고 친구 E 양이 한 말이다. 그래, 내가 사랑하는 이모티콘 대부분은 남들 눈엔 엽기적이거나 여성스럽지 않다. 덩치 큰 곰이 예쁜 척을 하며 손가락으로 하트 표시를 하고 있다거나, 누가 봐도 예쁘지 않은 여자애가 코를 후비고 있든지 하는 것들. 아마 열이면 아홉은 "이렇게 예쁘지도 않은 이모티콘을 돈 주고 사? 나 같으면 줘도 안 갖겠다."라고 할지도 모르겠다.

집이든 옷이든 커피든, 사람은 누구나 자신만의 취향이

있다. 취향의 분야를 나열하려면 밤을 새워 얘기해도 모자랄 테지만, 여기서 나는 '이모티콘'에 관한 취향을 이야기하려 한다. 스마트폰의 등장으로 한 번씩만 주고받는 문자 메시지에서 자유롭게 대화가 이어지는 채팅 형식의 카카오톡이 생겼다. 아주 구체적으로 기억나지는 않지만, 카카오톡을 처음 본 날, 적잖은 충격을 받았다. 휴대전화로 채팅을 할 수 있다니, 기술 발전의 끝은 어디인가! 신선한 충격은 여기서 끝이 아니다. 내 기분이나 감정 상태를 대신해주는 '이모티콘'까지 나타나 주신 것. 움직이지 않는 그림 형식이 이모티콘의 첫 모습이었다면 현재는 움직이는 건 물론 노래나 말 등의 음성까지 나오고, 심지어 크기도 제각각이다.

상대가 사용하는 이모티콘만 봐도 그 사람의 취향이 어떠한지, 어떤 성향의 사람인지 어림짐작할 수 있다. 내가 쓰는 글 대부분은 유머러스하지 않(다고 생각합니다만, 동의하시나요?)다. 아무래도 글쓰기 동기부여 내용이 많기에, 뭐랄까 곧은 심지처럼 굳건한 느낌? 여하튼 내 글이 주는 느낌과 사용하는 이모티콘 이미지는 가히 하늘과 땅 차이다. 글과 이모티콘이 주는 이미지는 다르지만, 글 밖의 내 모습과 이모티콘은 닮았다. 나를 책으로만 만난 분들이 실제로 나를 만나면 조금 놀라실 수도 있다. 그렇다. 글 밖의 내 모습은 유쾌하고 발랄하며 털털하다. MSG 한 숟가락을 더 얹어서 말한다면, '예쁨', '귀여움'은 애초에 내게 없다. 목소리만 들어도 지금 내가 하는 말을 이해할 듯하다. (셀프 디스의 大家(대가) 이지니)

몇몇 지인은 이런 내 취향을 이해 못 한다. 음, 이게 뭐 어때서. 내 눈에는 그저 사랑스럽고 귀엽기만 한 이모티콘인데? 그냥 하는 말이 아니라, 영구 소장하고 싶어질 정도로 좋아하는 이모티콘들을 쓰고 있다. 결혼 전, 한 친구와 카카오톡 메시지를 주고받다가 역시나 내 사랑하는 이모티콘을 채팅창에 대거 투입했더니 5년 동안 솔로인 이유가 이런 촌스러운, 예쁘지 않은 이모티콘을 써서 그렇다는 거다. 아오, 뚫린 입이라고… 콱 그냥! 말도 안 된다. 그래도 혹시나 하는 마음에 친구의 말대로 다른 이들의 눈에 귀엽고 아기자기한, 그야말로 내 스타일과는 거리가 먼 이모티콘을 구매했다.

결과는? 남자 사람이 좋아할 만한 이모티콘은 맞을지언 정, 나 스스로는 억지로 가면을 뒤집어쓴 듯해 이틀도 안 돼서 사용을 중단했다. 설령 이런 나를 감추어 마음에 드 는 남자와 만난다고 한들, 그 연기를 어찌 평생 할 수 있나. 난 못 한다. 누구 말대로 연극은 언젠가 끝날 테니까.

시간이 흘러 남은 인생을 함께할 반쪽을 만났다. 글을 쓰는 지금도 그때 생각에 웃음이 삐져나오는데, 당시 내 남자 친구(지금의 남편)도 나와 비슷한 취향의 이모티콘을 좋아했다. 카카오톡 메시지로 대화할 때면 서로 경쟁이라 도 하듯 남들 눈엔 '병맛' '엽기적인' '예쁘지 않은' 이모티 콘을 내세우기 바빴다. 그때마다 남편은 말했다.

"와, 이거 정말 웃겨! 나도 갖고 싶다."

"이런 이모티콘을 쓰는 네가 참 좋아!"

성격도 취미도 다르지만, 이모티콘 취향만큼은 쌍둥이 처럼 닮은 우리다.

글의 취향도 당연히 사람마다 다를 수밖에 없다. 그러니 누가 자신의 글을 비난하거나 좋지 않은 시선을 보내도 크게 신경 쓰지 않았으면 좋겠다. (사실, 한두 줄의 악평에도 잠 못 이룬 애가 바로 접니다) 세상에는 수많은 사람이 있지 않나. 내 글을 읽은 모든 사람에게 기분 좋은 소감을 듣기란 애초에 불가능하다. 그저 자신의 색깔대로, 취향대로 소신을 담아 쓰는 게 마음 편하다. 하여, 아주 가끔 누가 내 글에 비난을 가할 때마다 재빨리 멘탈을 부여잡는다.

처음 한두 번 악평을 받을 때는 누가 썼는지 가서 혼을 내고 싶었지만, 이제는 비난을 일삼는 이들을 보면 안타까운 마음이 앞선다. 남을 비난할 시간에 책 한 장이라도 더 읽고 자기 계발에 그 에너지를 기울이면 얼마나 좋을까 싶어서다.

이모티콘이든 글쓰기든 자신의 취향을 존중하고 사랑하자. 타인의 존중까지는 바라지도 않는다. 그저 '다름'을 인정해 줬으면. 그래! 인정까지도 안 바란다. 자기 입맛에 맞지 않는다고 입 밖으로 상대에게 비수를 꽂지 않았으면 좋겠다. 그 화살이 고스란히 본인에게 돌아간다는 사실 또한 잊지 말기를.

장비발의 그녀,
또 일을 저지르다

자기 계발이 좋은 이지니 (유료만 모음)

1. 영어 공부를 위해 :『해리포터』『악마는 프라다를 입는다』등의 책을 원서로 구입 (한 페이지도 안 읽음)

2. 중국어 공부를 위해 : 중국 하얼빈으로 어학연수 1년, 매년 중국에 갈 때마다 원서 구입 (투명 비닐을 뜯지도 않은 책 有)

3. 중국어 실력 향상을 위해 : 중국 상하이 현지 회사 취업 1년, 중국 칭다오 온라인 의류 사업 1년

4. 중국어 관광통역안내사 자격증 취득을 위해 : 필요 서적 4권 구매 (밑줄 하나 긋지 않은 새 책을 모두 필요한 사람에게 기증)

5. 중국어 번역을 잘하기 위해 : 통·번역 공부에 필요한 서적 및 전문 사전 구입 (아끼는 거라 소장)

6. 한국어 교사 자격증을 위해 : 관련 서적 구입 (역시 두꺼움), 필요하신 분 손~ (택배비 본인 부담 요망)

7. 악기 하나쯤은 다루기 위해 : 우쿨렐레 수강 및 악기 구입 (악기를 어디에 뒀더라?)

8. 가수 화사 님이 TV 프로그램 〈나 혼자 산다〉에서 리코더 연주하는 것을 보고 : 같은 악보와 리코더 구입 (먼지만 쌓여감)

9. 유튜브 운영을 위해 : 관련 서적, 편집 프로그램, 마이크 구입 (운영 한 달 만에 임신해서 중단)

10. 어린이 중국어 강사가 되고 싶어서 : 자격증 취득을 위한 수업 수강 (재미없어서 포기)

11. 영어 회화를 잘하고 싶어서 : 영어 학원 평일 새벽반 수강 (수강 종료 후 열정도 종료)

12. 중국어 영상 번역을 하고 싶어서 : 영상 번역 아카데미에서 수업 수강 (책 쓰기가 더 좋아서 포기)

13. 영어 발음을 잘하고 싶어서 : 발음만 전문으로 배우는 수업 수강 (하루 배우고 땡~)

14. 스마트폰 드로잉을 배우고 싶어서 : 온라인 수업 수강 (그림 3개 그리고 땡~)

15. 인스타그램을 잘 운영하고 싶어서 : 온라인 수업 수강 (효과를 보지 못함)

16. 베스트셀러의 비밀을 알고 싶어서 : 관련 도서 및 출판

편집자의 수업 수강 (8월 말에 온라인 수업 시작)

17. 작사를 제대로 배우고 싶어서 : 분당에 있는 작사 학원 수업 수강 (집에서 왕복 5시간으로 너무 멀어서 그만둠)

18. 책을 쓰고 싶어서 : 책 쓰기 수업 수강 (드디어 내 길을 만난!)

19. 물 위에서 자유롭게 수영하고 싶어서 : 동네에 있는 수영장 1:1 강습 신청 (이 글을 쓰고 있는 현재 수업 2일 차, 음파 진행 중, 음파란 소리 없이 숨을 참았다가 내뱉는 방식)

장비발의 그녀, 시작은 장비부터!

무언가 배우고 싶은 것이 생기면 책이나 악기 등 필요한 장비부터 바로 사들이거나 관련 수업을 신청한다. 실행이 빠르긴 한데 포기는 더 빠르다. 관련 장비 구매 후 짧으면 하루, 길어야 1년 이상을 넘기지 못하기 때문이다. (이런 내가 '책 쓰기'는 6년 이상 지속한다는 사실이 놀랍다)

작심삼일이 될 줄 알면서도 나는 또 무언가에 혹해서 수강이든 장비든 결제 버튼을 누른다. 며칠 전에 또 일을 저질렀다. 전문가들이 추천하는 '프리즈마 색연필'을 샀다. 그것도 132가지 색으로! 잠자던 나의 '장비발 세우기'가 또다시 꿈틀거린 셈이다. 이건 조금 더 변명의 여지가 있는데…. 절대로 충동 구매하지 않았다.

한 권 한 권 책을 쓰면서 꿈이 하나 생겼는데, 이 색연필과 연관이 있다. 바로, 내 책에 내가 그린 그림을 함께 넣는 것이다. 집에 남편이 쓰던 색연필이 있었지만, 뭔가 새로운 장비로 신선하게 시작하고 싶어서 나보고 쓰라는 걸 받지 않았다. 음, 맞다. 꼭 공부 못하는 애들이 책장에 꽂힌 수많은 문제집을 뒤로한 채, 학습지 '핫스터디'(이 브랜드를 아신다면 저와 같은 세대입니다)를 해야만 반드시 성적을 올릴 수 있다고 말하는 것과 같을지도 모른다.

나는야, 똥손계의 금손!

지금껏 나보다 심한 똥손을 본 적이 없다. 내가 어마 무시한 '똥손'이라는 사실을 알 만한 사람은 다 안다. 어느 정도로 똥손이냐고 물으신다면, 음. 일단 요리를 못한다. 레시피를 보며 과정 하나하나에 심혈을 기울여도 짜거나, 싱거운…. 무언가 부족한 맛이다. 요리를 잘하지 못해도 흥미가 있다면 할수록 늘겠지만, 흥미마저도 없다는 게 문제다. 그래도 명색이 주부 3년 차라 손을 놓고 있지는 않다. 날마다 찌개든 국이든 밑반찬이든 주물럭대긴 한다. (그래, 자랑이다) 어제와 오늘은 8개월이 된 딸아이를 위해 '단호박빵'과 '바나나 티딩러스크(치아 발육기 과자)'도 만들었다. (아이고, 정말 큰일 하셨네요)

뜨개질이나 자수는 꿈도 못 꾼다. (그런데 정말로 이런 건 꿈에도 절대 안 나온다) 학창 시절 가정 과목 시간에 하는 모든 과제는 '금손'을 장착한 엄마나 언니에게 부탁했다.

쩝. 20대 때 몇몇 친구들이 직접 뜬 목도리나 장갑, 스웨터 등을 자신의 남자 친구에게 선물할 때, 나는 남의 집 불

구경하듯 했다. 완성도를 떠나서 정성이 중요하다지만, 내가 못 하니까 할 생각 자체를 안 했다.

이번에는 다를 거야! 이유가 있는 장비발

희한하게도 그림은 다른 손으로 하는 것들과 조금 다르다. 아무래도 내가 사랑하는 '책'과 연관이 있다 보니 나름대로 정이 가나 보다. 하여, 앞에서 언급했듯 프리즈마 색연필과 브리스톨 스케치북 등을 구매했다. 장비는 다 갖추면서 정작 수업에는 돈을 들이지 않았다.

3개월 과정의 온라인 '색연필 그림 수업'을 결제할까 말까 고민하다가 하지 않았다. 대신 유튜브에서 그림 공부에 괜찮아 보이는 영상을 발견했다. 아직 나는 왕왕왕 초보자니까 무료 영상으로 배운 다음 나름대로 흥미가 붙고 좀더 실력(이라고 말하니 웃기죠?)이 쌓이면 제대로 수강하련다.

'시작이 반'이라고 색연필이 집에 도착하는 순간 심장이 두근거렸다. 아마 심장도 놀랐을 거다. '어이, 주인장! 네가 무슨 바람이 들어서 그림을 그린다고 장비를 구입해?'라며 콧방귀를 시원하게 날렸을지도 모를 일이다.

아무렴 어떤가. 설령 작심삼일로 끝날지라도 지금의 감정을 즐기련다. 조심스레 입방정을 떨자면, 이번만큼은 관심 온도가 오래갈 것 같다. 색연필 그림 그리기를 '그냥' 하려는 게 아니라, '목표'가 뚜렷하지 않나! 내 책에 그림을 넣고 싶다는 목표! (언제는 뭐, 목표가 없어서 하루 만에 그만뒀니?)

나처럼 우주 대똥손이 목표를 이룬다면, 많은 분이 '똥손인 이지니도 해냈는데, 나도 도전해 볼까!'라며 희망을 품지 않을까? 그 대상이 꼭 그림이 아니라도 말이다.

손으로 쓰는 맛을
느끼다

내가 메모에 빠지기 시작한 건 2011년 11월부터다. 이때부터 매일은 아니지만, 일주일에 서너 번은 메모한다. 메모는 노트가 아닌 휴대전화 메모 앱을 이용한다. 휴대전화가 바뀔 때마다 남들은 사진이나 동영상 업로드에 신경을 쓴다면, 나는 메모 앱이 제대로 다운로드됐는지부터 살핀다.

블로그, 인스타그램, 페이스북에 적은 내용을 제외하고 지금껏 1,000개 이상의 이야기가 메모 앱에 있기에 애지중지할 수밖에 없다. 보물과도 같은 메모가 하루아침에 사라지기라도 한다면…. 차라리 길에서 실수로 멍멍이 똥을 밟는 게 낫지, 상상하기도 싫다.

그날 있었던 일, 어젯밤 꾼 꿈, 앞으로의 계획, 버킷리스트, 하루의 반성과 다짐, 기도문, 감사한 일 등을 기록한다. '오늘 해야 할 일'은 '나에게 보내는 카카오톡'에 적는다. 그러곤 해야 할 일을 하나둘씩 끝낼 때마다 삭제한다. 이미 한 일을 하나하나 지울 때마다 '작은 성공'을 만끽하며 희열을 느꼈지만, 흔적도 없이 사라지니 왠지 섭섭하기도 했다.

언제부턴가 손으로 적는 것보다 컴퓨터 자판을 사용하거나, 문자로 입력하는 게 훨씬 쉬워졌다. 물론, '쉬움' 때문만은 아니다. 시간을 금같이 여기는 나이기에(이럴 때만) 오래 걸리는 손 글쓰기보다 기계의 도움을 택했다. 예전 같으면 신상 노트가 나올 때마다 누구보다 빠르게 사들이던 나인데, 지금은 선물 받은 노트조차도 몇 년째 새것 그대로다.

더는 안 되겠다 싶어 책장 맨 아래에 꽂힌 작은 노트를 집어 들었다. 언제인지 기억도 잘 안 난다. 나보다 5살 어린 Y 양이 "언니, 노트 좋아하지? 내가 이거 선물로 줄 테니까 많이 기록해!"라며 살포시 건네던 토끼가 그려진 노트. 맨 앞에 그려진 토끼는 마치 "뭐야, 이제야 온 거야? 오래 기다렸어. 지금이라도 좋으니 잘 기록해 봐!"라고 하듯 날 빤히 바라보고 있었다.

'아, 이게 얼마 만에 느껴보는 노트의 질감인가. 종이책과는 또 다른 느낌을 주는구나.'

하루하루 해야 할 일은 전날 밤이나 당일 아침에 적는다. 오늘 오전, 경건한 마음을 안고 서재로 가 노트를 펼쳤다. 똥이 덜 묻어나는 펜을 집어 들고 반드시 해야 할 일만 적었다. 매일 하는 행위인데 노트에 직접 적으니 기분이 묘했다. 그래도 학창 시절에는 서기를 담당할 만큼 글씨체가 꽤 괜찮았는데, 손글씨를 안 쓴 지 오래되니 백지 위에 지렁이, 구렁이, 도마뱀 등이 춤을 추고 있다. 예쁘게 쓰려고 하지만 어렵다.

앞으로 다른 건 몰라도 오늘 해야 할 일은 노트에 직접 적기로 했다. 오전에 적은 5개의 할 일을 모두 해냈다. 노트를 꺼내 사용했고, 아침에 글 두 편을 썼으며, 오후에는 글쓰기에 관한 책 한 권과 중국어 회화책을 읽었으니까.

휴대전화에 적었으면 흔적도 없이 사라졌을 텐데, 노트에 적으니 글자 위에 '찍찍' 두 줄로 그어도 흔적이 남았다. 이 맛에 노트에 글을 적나 보다.

오랜만이야, 나의 토끼 노트

'오늘 할 일'을
매일 기록하는 이유

내가 메모를 사랑하는 건 맞지만, '오늘 할 일'까지 기록하는 이유가 뭘까? 친절하게도 김애리 작가님이 쓴 『글쓰기가 필요하지 않은 인생은 없다』에 그 이유가 잘 담겨 있다.

단순히 할 일을 글로 정리했을 뿐인데 그렇게 한 하루와 그렇지 않은 하루가 생산성 면에서 엄청난 차이를 보였다. (중략) 나중엔 좀 더 꼴을 갖추게 되었다. 단순히 할 일 목록을 나열하는 데 그치지 않고 중요도와 긴급도에 따라 순서를 정하게 된 것이다. 아주 미세한 변화를 주었을 뿐인데 그에 따른 효과는 또 놀라웠다. 그때부터였던 것 같다. "너는 언제 이 모든 걸 다 하니?"라는 이야기를 듣게 된 것이. 특별히 부지런한 것도 아니고, 손발이 빠르거나 그렇다고 두뇌 회전이 뛰어나지도 않은 내가 남들 눈에 꽤 많은 것들을 거침없이 해치우며 꿈을 향해 돌진하는 사람처럼 비치게 된 것이다. 이때 해야 할 일 목록을 너무 많이 적는 것보다 '반드시' 해야 할 일을 서너 가지만 적어두는 것이 좋다. (중략) 사실 하루에 세 가지 일만 제대로 해결해도 엄청난 성과다. 서너 가지 일을 100% 달성한다는 목표를 갖고 모닝페이지를 작성해보자. 아침이, 하루가, 인생이 달라질 것이라 감히 확신한다.

- 김애리, 『글쓰기가 필요하지 않은 인생은 없다』

　　김애리 작가님의 책에 나오는 내용처럼 오늘 할 일을 기록한 날과 기록하지 않은 날의 차이는 명확히 드러난다. 써 놓으면 그 순간부터 '이 일만큼은 오늘 반드시 해야지!'라는 책임감이 생기지만, 그저 머릿속에만 두었을 때는 실행하기는커녕 마음마저 황무지가 따로 없다. 가뜩이나 미루는 걸 밥 먹듯이 하는 나인데, 적어두지 않으면 하루에 서너 가지 일을 과연 해낼 수 있을까 싶다. 오늘 할 일의 기록을 다른 말로 바꾸면 '나 자신을 위한 매일의 훈련'이다.

"너는 언제 이 모든 걸 다 하니?"라는 말을 나 또한 들었다. 2016년부터 4년 동안은 회사 일과 원고 작업을 병행했기에, 당시에 이런 내가 신기해(?) 보인 모양이다. 심지어 2019년 봄에는 결혼 준비, 이사 준비까지 겹쳐 이 같은 말을 더 자주 들은 듯하다. 나야말로 특별히 부지런한 것도 아니고, 손발이 빠르거나 그렇다고 두뇌 회전이 뛰어나지도 않은데 이런 과찬(?)을 듣다니 놀랄 '노'자다. 이 모든 건 해야 할 일을 적은 메모 덕분이라 말하고 싶다. 적지 않았다면 머릿속에서 떠돌다가 임무를 다하지 못한 채 공중으로 뿔뿔이 흩날렸을 게 뻔하다.

요즘은 오전 9시 30분부터 오후 3시 30분까지 딸아이가 어린이집에 있어서 나름대로 차분히(?) 도서관 글쓰기 강의, 책 읽기, 출간 준비 중인 원고 작업 등을 한다. 불과 2년 전까지만 해도 출퇴근하며 원고를 썼다. 아마 대다수 저자는 '본캐(본래 캐릭터)'가 직장인, '부캐(부 캐릭터)'가 책 쓰는 사람일지 모른다. 나도 그랬다. 상상만으로도 두 가지 일을 병행한다는 건 쉽지 않다. 새벽에 일어나서 출근 준비하고, 저녁 6시(야근이 있으면 더 늦은 시간)까지 어떻게든 내 자릴 지켜야 한다. 그때도 나는 회사 업무 외의 '오늘 할 일'을 적고 실천했다. 대부분은 글쓰기와 독서였다. 피곤하다는 핑계로, 바쁘다는 핑계로 해야 할 일을 미루고 싶을 때마다 아래 문장을 되뇌었다.

지금의 편안함을 추구한다면 '내 일'과 '내일'은 절대로 성장하지 않으리!

먼 미래 아니, 한 달 뒤에 일어날 일도 알 수 없지만 적어도 내게 주어진 오늘 하루만큼은 후회 없길 바랐다. 신이 나에게 준 24시간을 허투루 쓰고 싶지 않다. 대단한 하루가 아니어도 괜찮다. 그저 내가 적은 '오늘 할 일'을 해내기만 하면 된다. 출퇴근하는 지하철 안에서도 시간을 허투루 쓸 수 없는 이유다. 휴대전화 속 메모 앱을 열어 적고 또 적었다. 가끔은 회사 건물 화장실에서도 메모했다. (변비는 아닙니다만) 장소가 어디든 상관없었다. 딱히 주제가 생각나지 않을 때는 지하철 풍경이나 그날의 기분을 한두 줄로 끄적였다.

집에 돌아와서는 책 작업을 했다. 콘셉트, 제목, 부제, 목차, 참고 도서 읽기 등의 과정이 놀이동산에서 롤러코스터를 타는 것보다 훨씬 더 짜릿하고 흥미로웠다.

모두 잠이 든 어두운 밤, 창문 틈으로 빼꼼히 보이는 달이 홀로 글 쓰는 나를 위해 기꺼이 벗이 돼주었다.

당신의 시간은
'크로노스'인가요 '카이로스'인가요?

시간은 자연스럽게 흘러가는 물리적 시간 '크로노스'와 특별한 의미가 부여된 시간 '카이로스'로 구분된다. 시간이 나서 어쩔 수 없이 뭔가를 하는 사람은 누구에게나 똑같이 주어지는 크로노스의 시간을 보내는 사람이고, 시간을 내서 의도적으로 뭔가를 하는 사람은 카이로스의 시간을 보내는 사람이다.

- 유영만, 『책 쓰기는 애쓰기다』

시간을 '돌'처럼 여기던 내가 변하기로 다짐하다

시간을 금이 아닌, '돌'로 여긴 사람이 나였다. 하루 24시간이라는 선물을 마치 쓰레기 대하듯 양심의 가책 하나 없이 허투루 사용하기 일쑤였다. 이를테면, 이불 속에 누워 낮이 밤이 되는 줄도 모른 채 스마트폰만 하거나, 해야 할 일을 기약도 없이 미룬다거나. 활자만으로도 한심하기 짝이 없는 행동이다. 당시 우리 엄마는 이런 나를 보며 얼마나 속이 상하셨을까 싶다. (엄마, 죄송해요)

그러던 어느 날, 거울 앞에 가여운 여자가 서 있었다. 환경 탓만 하며 '보잘것없는 오늘을 택하는' 나 자신이었다. 한심했다. 누구는 하루를 귀빈처럼 대하고 다른 누구는 거지처럼 내버려 둔다. 모두 자신의 '선택'이다. 누가 그렇게 하라고 등 떠밀지 않는다. 지금의 내 모습은 과거에 내가 택한 결과일 뿐이다. 언제까지나 '난 잘하는 게 없어' '나 같은 사람이 어찌' '이 나이에 무슨'이란 말로 움츠린 삶을 살 수는 없다. 하여 결심했다.

하고 싶은 일이 있다면, 곧장 실행!

먼저, 책을 사들이는 것만 좋아하던 내가, 이제는 '읽는 나'를 택했다. 자기계발서를 쓴 저자들은 하나같이 생각만 하지 말고 움직이라고 말한다. 눈과 마음을 넘어, 저자들이 자신의 책에서 하는 조언, 예를 들면 매일 메모하기, 긍정적으로 생각하기, 독서록 만들기 등이 있다면 이 중 하나라도 실행해야 진짜 내 것이 된다고. 그래서 결심했다! 도둑질 빼고 마음에서 하라는 신호가 오면 닥치는 대로 배웠다. 당장은 몰라도 마음속에 '관심'의 씨앗이 싹트면 바로 '실행'이라는 물을 줬다.

그중 하나가 2013년 강남으로 출퇴근할 때다. 제대로 배우고 싶어 영어 회화 새벽반을 신청했다. 수업 시작은 오전 6시 15분. 매일 4시에 기상해 5시에 출발하는 광역 버스에 몸을 실었다. 수험생일 때도 맡지 못한 새벽의 향기였다. 뿌듯함이 느껴졌다. 나와 첫차를 함께 타는 사람들에게는 괜한 동질감이 느껴졌다. 수업이 끝나면 오전 8시가 좀 넘었는데, 30분 일찍 도착한 회사 사무실에서 필사(베껴 쓰기)를 했다. 이때부터 작가가 되고 싶었던 건 아니다. 당시에는 작가의 'ㅈ'자도 생각한 적 없었다. 그저 좋아하는 글귀를 손으로 적고 싶었을 뿐이다.

그러곤 업무 중간마다 떠오른 생각이나, 현재 기분, 배우고 싶은 것, 가고 싶은 곳, 회사 분위기 등을 메모했다. '난 왜 이 일을 하는 걸까?' '내가 진짜로 원하는 삶은 뭐지?' '나는 어떤 사람이 되고 싶나?' 등과 같은 질문을 자신에게 하고 종일 답을 생각한 적도 있다. 머릿속 뇌를 가만두지 않았다. 쉴 틈 없이 돌렸다. 출퇴근하는 버스나 지하철 안에서 좋아하는 음악을 들으며 밀린 잠을 청하기도 했지만, 대부분 글을 썼다. '글'이라고 말하면 거창하고, 그저 '끄적임'이다. 몇 줄의 끄적임이 내게 무슨 도움이 될지는 중요하지 않았다.

회사에 다니며 업무시간 외의 얼마 안 되는 시간을 쪼개고 쪼개어 뭔가를 하려 했다. 잠을 줄여서라도 해야만 했다. 나를 혹사하려는 게 아니라, 당시에는 그렇게 해야만 살아 있음을 느낄 수 있었기 때문이다. 별도 달도 잠든 밤, 한층 무거워진 눈꺼풀이 내려오려 할 때마다 차디찬 물로 세수하고, 다시 컴퓨터 앞에 앉아 글을 썼다. 오롯이 나를 알게 되고 나를 만나는 그 시간이 좋았다.

드디어 몸에 배다

어떤 노랫말처럼 습관이란 무서운 거더라. 어느새 나는 '카이로스'의 시간을 보내는 사람이 되어 있었다. 프리랜서인 지금도 여전하다. 몇 시까지 출근할 필요가 없는, 오늘 당장 해야 할 회의도, 보고서도 없는, 말 그대로 나 스스로 일을 만들고 처리해야 하기에 시간 관리가 어느 때보다 중요해졌다. 물론, 가장 마음이 편안한 장소인 집에서 일하니 넘어야 할 유혹도 한두 개가 아니다.

몇 발짝만 움직이면 포근한 침대에서 잠을 청할 수 있고, 소파에 앉아 TV와 한 몸이 될 수도 있으니 말이다. 하지만 선물 같은 오늘을 그깟 무의미한 행위로 버릴 순 없다. 전에는 몰랐던 '카이로스'의 삶을 사는 지금이 어느 때보다 감사하고 행복하다. 그렇다면 이 글을 읽는 여러분은 시간이 나서 어쩔 수 없이 뭔가를 하는 '크로노스'의 삶을 살고 계시나요? 아니면, 의도적으로 뭔가를 하는 '카이로스'의 삶을 살고 계시나요? 아, 이 책을 읽고 계실 테니 후자의 삶을 살고 계시는군요. 굿(Good)입니다.

퇴고하다가 알게 된
'글 버릇'

요즘 나는 내년 초에 출간될 '무명작가의 삶'을 담은 책을 준비하고 있다. 자기계발서 같은 글쓰기 에세이다. 개인적으로 진행하는 글쓰기 강의는 잠시 중단하고 밤낮으로 원고를 수정하고 있다. 전문 용어로 '퇴고'라고 불리는 고쳐쓰기를 말이다.

판형(책 크기)이 작긴 해도, 약 220페이지의 분량을 읽고 또 읽으며 글을 다듬고 있다. 귀밑에 붙이는 멀미약이 시급할 정도로 열심히 보는 중이다. 같은 글을 처음부터 끝까지 10여 차례나 읽고 있으니 그럴 만하지 않나? 그런데 신기한 건, 글이 지루하게 느껴지진 않는다. (뭐지, 이 홍보의 스멜은?) 그렇다면 앞으로 딱! 열 번만 더 읽으련다.

글을 고치는 퇴고 단계에는 할 일이 아주 많다. 띄어쓰기와 맞춤법, 주어와 서술어 관계, 문맥의 흐름, 주제 이탈 여부, 유익함(재미 or 감동 or 깨달음), 글의 주제와 인용된 글의 어울림, 문장부호, 한 문장에 동의어 중복 사용 여부 확인, 글 버릇 확인 등. 이 중에서 오늘은 '글 버릇'을 말하고 싶다. 결론부터 말하면, 이번 원고에 가장 많이 사용된 단어는 뭘까? 바로 '감사'다.

감사라는 단어를 무려 38번이나 썼더라. 글을 쓸 때는 인지하지 못했는데, 많이 쓰긴 했다. 저자 본인은 이미 손에 배어 무뎌진 탓에, 자신의 글 버릇을 잘 모른다. 하지만 독자는 책을 읽다가 '이 저자는 ○○이란 말을 유독 많이 쓰는구나!'라고 바로 알아챈다. 자주 사용하는 단어가 있다고 해서 뭔가 잘못됐다는 말이 아니다. 문장이 미끄럼틀 타듯 매끄럽게 읽히면 크게 문제가 되진 않으니까.

다만, 퇴고 과정에서 저자 스스로가 '글 버릇'을 인지했다면, 같은 단어를 사용하기보다는 다양한 단어를 글에 담는 편이 좋다.

내 글 버릇은 '감사'였는데 대체할 말이 '고맙습니다' 외에는 떠오르지 않았다. 하여 몇 군데는 그리 수정했다. 굳이 이 표현이 없어도 이상하지 않을 문장에는 과감히 삭제했다. 이 단어가 내 글에 여러 번 등장하는 걸 본 혹자는 "뭐가 그렇게 좋은 일이 있어서 감사하다는 거야?"라고 여길 수 있겠다.

지금처럼 글을 써서 책을 출간하고 강의하면서 사는 나의 모습은 상상도 하지 못했다. 공부를 지지리도 못했기 때문이다. 어느 정도로 못했는지는 책 『무명작가지만 글쓰기로 먹고삽니다』에 친절하게 적었다.

아무것도 아닌 내가, 별것 아닌 내가, 좋아하고 잘하고 싶은 일을 만난 지금이 기적이다. 이름을 알리고, 많은 돈을 벌어야만 성공이 아니다. 나 스스로 행복하고 감사하다 여기면 성공을 말할 자격이 충분하다. 내가 그렇다. 풍족하진 않아도, 크게 아프지 않은 이 몸으로 감사히 하루를 건널 수 있다는 자체가 성공이다. 그러니 매일 "감사합니다"를 말하지 않을 수 있을까?

"지난밤도 지켜주셔서 감사해요" "오늘도 24시간이라는 선물을 주셔서 감사해요" "좋아하는 로제 파스타를 먹을 수 있음에 감사해요" "두통으로 머리가 지끈거리지만 크게 아프지 않음에 감사해요" "모든 출판사에서 거절당했지만, 자가 출판(『힘든 일이 있었지만 힘든 일만 있었던 건 아니다』)으로 책을 낼 수 있게 됨을 감사해요" "이번에 겪은 초기 유산으로 같은 아픔을 겪는 이들을 진심으로 위로할 수 있음에 감사해요"

뜻하지 않은 좋은 일이 생겼을 때 감사를 말하는 건 당연하다. 그럼, 그 반대는? 내 계획대로 일이 잘되지 않았을 때 나오는 감사야말로 '진짜 감사'가 아닐까 싶다. 어떤 일이든 내게 유익이 됨을 믿기에 틀어진 듯해 보이는 일에도 감사를 외친다. 일이 아닌, 다른 어려움도 마찬가지다. '껍데기는 불행해 보일지라도, 이 안엔 날 위한, 우리 가족을 위한 선물이 숨어 있어. 그러니 슬퍼하지 말자.'라고 믿으니 이 또한 감사할 수밖에 없다.

글 밖에서도 마찬가지다. 길을 걸을 때도, 집안일을 할 때도 예외가 아니다. 정확히 셈을 한 적은 없지만, 하루에 서른 번 넘게 감사를 말한다. 삶은 내가 말하는 대로 흐른다고 한다. 나쁜 말과 생각을 하면, 인생이 정말로 그렇게 흐른단다. 무섭지 않나? 우리가 잘 아는 미국의 유명 방송인 '오프라 윈프리'는 자신이 쓴 책 『내가 확실히 아는 것들』에서 이런 말을 했다.

항상 감사한 마음을 가지기는 쉽지 않다. 하지만 당신이 가장 덜 감사할 때가 바로 감사함이 가져다줄 선물을 가장 필요로 할 때다. 감사하게 되면 내가 처한 상황을 객관적으로 멀리서 바라보게 된다. 그뿐만 아니라, 어떤 상황이라도 바꿀 수 있다. 감사한 마음을 가지면 당신의 주파수가 변하고, 부정적 에너지가 긍정적 에너지로 바뀐다. 감사하는 것이야말로 당신의 일상을 바꿀 수 있는 가장 빠르고 쉬우며 강력한 방법이라고 나는 확신한다.

- 오프라 윈프리, 『내가 확실히 아는 것들』

그렇다면, 여러분이 자주 사용하는 말은 무엇인가요?

* 2020년 1월에 쓴 글입니다

* 덧붙이는 말 : 이 에피소드 안에서 '감사'라는 단어를 무려 23번이나

  썼습니다

예비작가는 아니지만
와닿는 글귀가 많구나!
(feat. 장강명의 『책 한번 써봅시다』를 읽고)

작가의 일에는 주변을 둘러보고 무엇을 쓸지 고민하는 것이 포함된다. 소설이든 에세이든 실용서든 마찬가지다. 이런 기획력 역시 훈련해서 길러야 한다. 반응하는 글(때로 배설하는 글)과 기획하는 글은 다르다. 그 차이를 느껴봐야 한다. 에세이 열아홉 편의 글감은 있는데 추가로 써야 하는 한 편의 아이디어가 떠오르지 않아 속을 썩이는 경험을 해봐야 한다.

- 장강명, 『책 한번 써봅시다』

지금껏 다섯 권의 종이책을 썼고 모두 스스로 기획했다. 애초에 출판사 러브콜을 받아 편집자가 만든 틀(기획)에 맞게 글을 쓴 건 한 권도 없는 셈이라, 글만 쓰면 되는 이들을 부러워했다. (책을 기획하거나 출판사에 투고하는 일 없이, 글만 써내는 일도 지독한 창작의 고통을 견뎌야 하는 건 매한가지지만) 어쩌면 내게 다른 사람이 한 기획에 맞게 글을 쓰는 일이 일어나지 않아 다행일지 모른다.

다섯 권의 책을 내면서 글뿐만 아닌, 책을 보는 시야가 넓어진 느낌이다. 전·현직 출판사 대표님들이나 편집자님들이 들으면 콧방귀를 낄 일이지만, 책 만드는 맛을 조금은 알 듯하다. 요리 용어로 '한 꼬집' 정도? 글을 쓰기 전인 기획 단계부터 풍선도 아닌데 머리가 터질 뻔한 적이 여러 번이지만 재미있다.

내가 쓴 첫 종이책을 두 손에 담은 그날을 어찌 잊을 수 있을까. 출간 후 출판사에서 보내 준 저자증정본 10권을 보고 또 보며 기쁨에 취했다. 학창 시절에 부진한 성적으로 루저를 자처한 내가, 처음으로 책 출간이라는 놀라운 성과를 이뤄낸 날, '많은 사람이 내 책을 읽어주면 좋겠다'라는 생각보다, 그저 스스로가 대견했다.

진도가 나가지 않던 한 에피소드의 글을 며칠 동안 붙잡

으며, 이리저리 머리를 굴리던 날도 잊지 못한다. 벌써 여섯 번째 책을 준비하고 있지만, 데뷔작이라서 그런지 첫 책은 기획부터 출간까지의 모든 기억이 시간이 지나도 또렷이 남아있다.

> 미래의 판매량을 미리 고민하지 말고 먼저 쓰자. 편집자와 독자의 눈치를 보지 말고 쓰자. 그들의 반응은 따라잡기 어렵다. 나 자신을 위해, 의미를 만들어내는 기쁨을 위해 쓰자. 글자와 문장, 그리고 다른 누구도 아닌 나의 생각에 집중하자. 그렇게 쓸 때 더 좋은 글이 나온다. 그리고 더 즐겁기도 하다.
>
> — 장강명, 『책 한번 써봅시다』

그래서 나는 산문집 『힘든 일이 있었지만 힘든 일만 있었던 건 아니다』를 '자가 출판 플랫폼'을 이용해 출간했다. 출판사 50군데에 투고했지만 모두 거절당했다. 그렇다고 컴퓨터 안에만 두기에는 아쉬웠다. 첫 페이지부터 맨 끝에 점을 찍기까지 저자인 내 얼굴에 미소를 번지게 한 건 이 책뿐이라서.

글을 읽어주는 사람이 늘어나면 사무치게 아픈 비판도 따라온다. 어느 한구석 모난 데가 없어질 때까지 원고를 매끌 매끌하게 만들라는 얘기가 아니다. 누구도 욕하지 않는, 흐리멍텅한 책을 목표로 삼으라는 말이 결코 아니다. 나의 조언은 오히려 그 반대에 가깝다. 뾰족한 곳을 더 뾰족하게 깎자. 글은 날카롭게 깎되 마음은 온유하게 먹자. 욕을 먹어야 한다면 정확한 욕을 들어먹기 위해 애쓰자. 비판에 익숙해지자.

- 장강명, 『책 한번 써봅시다』

내 글에는 거짓말이 없다. (이게 거짓말인가?) 욕먹기 싫어서 아예 언급을 안 한 이야기는 있어도, 책에 활자화한 것 중에서 일부러 포장한 내용은 없다. 좀 더 솔직히 말하면 내가 무슨 착한 아이 콤플렉스는 아니지만, 독자들에게 '저자가 너무 소심한데?' '억울하면 본인이 잘하던지!' 등과 같은 말을 듣고 싶지 않아서 좋게 좋게 쓰려고 한 건 사실이다.

작년에 출간된 『무명작가지만 글쓰기로 먹고삽니다』는 욕먹을 각오를 하고 썼다. 글쓰기를 시작하려는, 내 이름으로 된 책을 내려는, 경제적인 상황 등이 어려워도 계속해서 글을 쓰려는 무명작가의 동기부여를 돕는 내용인데, 처음부터 끝까지 달콤한 이야기만 들어 있진 않다. 그 시절에 겪을 만한 불만을 군데군데 실었다. (나 지금 떨고 있니?)

자신을 내보여라.

그러면 재능이 드러날 것이다.

- 발타사르 그라시안 -

Part 2

별일인 듯, 별일 아닌, 별일 같은 일

작가님의 책을
베스트셀러로 만들어 드릴게요!

2016년 가을, 생애 처음으로 A4 용지 100장이 넘는 글을 썼고, 그 글을 약 100군데의 출판사에 투고했다. 투고할 때의 심정은 단 하나!

'더도 말고 덜도 말고 딱 한 군데만 연락이 오면 돼! 투고한 99곳에서 거절당해도, 책은 단 한 곳에서만 출간할 수 있으니까!'

일주일 후, A 출판사에서 연락이 왔다. 스마트폰을 타고 흐르는 상냥한 목소리는 당장이라도 계약서에 사인하고 싶어질 정도로 내게 신뢰를 줬다.

"작가님이 보낸 원고를 잘 읽었습니다. 내용이 정말 좋아요. 이런 스타일의 글쓰기 책은 본 적이 없어요."

처음으로 출판사 관계자에게 내 글을 평가받은 셈이기에 마음은 이미 1만 부를 찍어낸 작가처럼 행복했다. 스마트폰 속 상냥한님은 한술 더 뜨며 "작가님의 책을 무조건 베스트셀러로 만들어 드릴게요!"라고 한다. '나대지 마, 심장아!'를 외치고 싶은 순간이었다.

내 책을 무조건 베스트셀러로 만들어 준다니! 오프라인 서점에 가면 'Bestseller'라는 빨간색 불빛 아래에 15권의 책이 1위부터 순서대로 꼿꼿이 서 있는데, 감히 그 자리에 내 책을 앉혀주겠단다. 설마, 나만 이런 소리에 두 귀가 쫑긋거리는 건 아니겠지요? 책을 쓰는 사람이라면 누구나 바라는 꿈이지 않나. 말만 들어도 이미 현실이 된 듯한 나는 "우와! 감사합니다!"라고 수십 번 외쳤다. 통화 중이라 내 모습이 상대에게 안 보이는데도 연신 허리를 90도로 굽힌 나였다. 그런데 그다음에 수화기 너머로 들리는 건 말인지 방귄지 모를 말이었다.

"대신 책이 나오면 작가님 지인분들이 300부, 작가님이 400~500부를 사고, 2차로 지인분들이 500부, 작가님이 200~300부를 보장해 주셔야 합니다."

지나치게 친절하거나 상냥하면 '사기꾼'인지를 의심하라더니. 벌써 5년이 더 된 이야기인데도 생각할수록 어이가 내 뺨을 때린다. 내게 수백 명의 지인도 없거니와 어느 지인이 한 번에 많은 책을 사(주)겠나. 한 권 사주면 감사하지. 결국엔 사재기로 베스트셀러에 올리겠다는 소리다. 그런 식이라면 누군들 못하나. 옆집 개도 할 수 있겠다.

아무리 내가 꿈에 눈이 멀어 책 쓰기 7주 과정에 수백만 원을 투자한 이력이 있다고 해도, 이건 아니었다. 더는 대출 받을 수도 없거니와 사재기로 베스트셀러에 오른다고 해도 내 기분이 과연 좋을까 싶었다. 당연히 거절했다.

만약 '오케이'했다면, 내가 산 약 1천 5백 권의 책을 볼 때마다 양심의 가책을 느꼈을 게 뻔하다. 수많은 독자가 아니라 나 혼자서 사들인 책이니 기쁨을 가장한 슬픔 속에

파묻혀 살겠지. 이 사건(?) 이후로 오프라인이나 온라인 서점에 있는 베스트셀러 중 몇몇 권을 의심의 눈초리로 보는 버릇이 생겼다.

'설마, 이 책도…?'

그나저나 이 이야기는 5년 전이라서, 요즘에도 이런 출판사가 존재하는지 궁금하다. 내게 아무리 충분한 돈이 있다고 해도, 없어도 그만인 돈이라고 해도 사재기는 사절한다. 앞으로도 쭉!

원고 청탁을
또 한 번 거절하며

지난 2월 5일, K 출판사에서 보낸 메일 한 통을 받았다. 행정안전부에서 발행하는 외국인 주민 관련 책자를 기획 중인데, 외국인 주민의 이야기를 잘 살려 글을 작성해 줄 작가를 섭외 중이라고 했다. 원고 청탁은 몇 번 받은 적이 있지만, 정부 기관에서 내는 단행본 의뢰는 처음이었다.

재미있게 작업할 것 같았으나, 육아는 물론 당시 『무명 작가지만 글쓰기로 먹고삽니다』의 출간 준비도 있었고 일 주일에 4번씩 글쓰기 수업까지 진행하고 있어 거절할 수 밖에 없었다. 완전히 불가능한 일정은 아니었지만, 아이를 낳은 지도 두 달이 안 된 터라 무리할 수 없었다. 어쩔 수 없는 선택이었지만 지금 생각하면 좋은 기회를 놓친 것 같아서 아쉽긴 하다.

그 후로 약 5개월이 지난 6월 22일, H 출판사에서 메일이 왔다. 역시나 정부 기관에서 내는 단행본 원고 청탁이었다. 나는 자세한 내용을 듣기도 전에 하기로 마음먹었다. 원고료가 꽤 많았기 때문이다. 지금껏 받은 어떠한 원고료나 강의료보다 월등했다. (헉, 영(0)이 몇 개야?)

메일을 받았을 때 나는 연세대학교 송도 캠퍼스에 있었다. 딸아이를 데리고 남편과 함께 시원한 바람을 맞으며 산책 중이었다. 스마트폰으로 메일을 확인한 후에 답장까지 하느라 가족과 시간을 보내기는커녕 메일 회신에 정신이 빠진 지 오래였다. (열심히 일하려는 엄마를 딸아이도 이해하겠지요?)

출판사 담당자와 몇 번의 이메일이 오갔다. 내 글이 아닌 타인이 원하는 방향으로 글을 써야 하기에 새로운 도전이었다. 심지어 책 한 권 분량의 긴 글을 써야 했다. 솔직히 작가 이지니의 커리어에 얼마나 도움이 될지는 몰랐다. 게

다가 정부 기관에서 내는 단행본을 집필하는 동안 원고 방향을 위한 회의가 필요하다고 했다. 정부에서 꾸린 자문단이 내 글을 마음에 들어 할 때까지 여러 번 수정할 수 있다는 말도 덧붙였다.

계약서에 사인하기 전, 담당자가 내게 샘플 원고를 부탁했다. 나 또한 필요하다고 여겼다. 그래서 써 봤더니…. 세상에! 딱딱하고 어려운 용어가 잔뜩인 협약서를 '읽기 쉬운 글'로 고치는 작업은 생각보다 어려웠다. 시간도 오래 걸렸다. 협약서 1조에 있는 3줄을 고쳐 쓰는 데만 30분이 걸렸으니 말 다 했다. 담당자에게 수정한 글을 보냈고 몇 시간 후에 답변이 왔다.

"아, 제가 설명을 제대로 안 드린 것 같습니다. 이런 식이 아니라…."

하여, 출판사가 원하는 대로 (정부 기관이 바라는 대로) 수정했다. 그런데 좀 전에 쓴 것보다 두세 배의 시간이 더 걸렸다.

(자세한 글 내용을 공개하지 못하는 점, 이해해 주세요)

'돈이고 뭐고 시간이 너무 오래 걸린다. 내 커리어에 얼마나 도움이 될지는 모르겠지만, 진짜 이건 아니다!'

제안은 감사하지만, 일을 맡지 않겠다는 내용의 메일을 담당자에게 보냈다. 작업에 들어가면 약 3달은 협약서 및 관련 에피소드 글쓰기에 시간과 에너지를 쏟아야 하는데, 차라리 무에서 유를 창조하는 게 낫지, 협약서를 정부 기관 자문단 입맛에 맞도록 쉽게 풀어쓰고 수정하고, 또 수정하기를 감당할 자신이 없었다. 당시 생후 200여 일이 지난 아기를 육아하는 나로서 더 이상의 스트레스는 거절하고 싶었다. 무엇보다 작업이 끝날 때까지는 본업인 글쓰기는 물론 글쓰기 강의를 내려놓아야 했다.

'수백만 원을 괜히 준다는 게 아니었어!'

세상에 쉬운 일은 없다. 그만큼 1원 하나 버는 것도 힘들다. (옛날에는 놀이터에 나가면 100원, 500원짜리 동전이 심심찮게 발견됐는데, 요즘은 잘 안 보인다) 원고료가 자그마치 수백만 원이었는데, 그래서 눈이 휘둥그레져서 하겠다고 했는데…. 액수가 커서 힘들어도 하려 했는데, 그러기엔 포기해야 할 일이 너무 많았다. 돈을 더 준다고 해도, 몇 달을 스트레스를 받으면서까지 하고 싶진 않았다. 내가 좋아하는 일, 잘하고 싶은 일, 잘할 수 있는 일에 더욱 몰입하련다. 거절할 때만 해도 돈 수백만 원이 끝까지 아쉬웠다. (돈 앞에 약해지는 나란 인간) 그럴 때마다 자신에게 주문했다.

'잘했어! 더 좋은 기회가 찾아올 거야!'

그 후로 여러 도서관에서 글쓰기 및 책 쓰기 수업 제안이 들어왔다. 3달의 강의료를 합하니 제안을 거절한 곳의 원고료와 비슷했다. 내게 제안을 준 출판사 담당자님께 감사하고 또 죄송하지만, 글쓰기 역량이 있는 다른 분과 즐겁게 작업하시길 바랐다. 6년 차 무명작가의 새로운 도전이 될 뻔한 사건이었다.

작가님,
민원 전화가 왔는데요

경기도에 있는 한 도서관에서 온라인 글쓰기 수업을 진행했다. 일주일에 한 번씩 8주간 진행되는 수업이었다. 드디어 첫날. 강연이나 강의를 하기 전엔 언제나 긴장을 동반한다. 겉으로는 내일 지구가 멸망해도 눈 하나 깜짝 안할 듯한 태평함을 보이지만 심장은 내가 좋아하는 숯다리 쥐포보다 더 쫄깃해진다. 강의 시작 30분 전, 노트북에 있는 온라인 '줌' 홈페이지에 로그인하고, 해당 강좌로 입장! 화이트보드 기능을 열고 아래의 내용을 적었다.

"앞으로 8주 동안 함께할 여러분을 환영합니다! 글쓰기 수업은 '듣기'보다 서로가 쓴 글을 '읽고' 삶을 '나누는' 것이 무엇보다 중요합니다. 코로나로 대면 강의는 아니지만, 그래서 더욱 비디오 화면을 켜주시기를 부탁드립니다."

이유는 간단하다. 코로나19 때문에 도서관 등에서 진행하는 글쓰기 수업은 대부분 온라인으로 진행된다. 수업이 시작되면 누구는 비디오 화면을 켜고, 다른 누구는 켜지 않는다. 화면을 켤 수 있는 상황임에도 '그냥' 켜지 않는 사람이 많다. 그들의 이유는 '내 얼굴이 잘 알지도 모르는 다수에게 팔리는(?) 게 싫어서' 혹은 '수업 내용을 그저 듣고만 싶어서' 등이다. 이런 소극적인 태도로는 글쓰기 수업에서 많은 걸 얻지 못하기에 '비디오 화면 On'을 간곡히 부탁한다. 드디어 오전 10시,

"안녕하세요, 여러분!"

이미 20명에 가까운 수강생이 입장했는데 화면을 켠 사람은 서넛뿐이었다. 심지어 대화창으로도 아무런 인사나 반응이 없었다. 다시 한번 "영상을 켜주시면 감사하겠습니다!"라고 해도 서너 분을 제외한 나머지 화면은 캄캄했다.

감사하게도 한두 명은 자신이 있는 곳이 회사라서, 또는 이동 중이라 화면을 켤 수 없어 죄송하다는 말을 대화창으로 전했다. 사막 한가운데에서 우물을 만난 기분이 이럴까? 묵묵부답인 상황에서 채팅창을 활용한 메시지는 더없이 감사했다. 하지만 여전히 어떠한 반응도 하지 않는 사람이 무려 15명이 넘었다. 다시 얘기했다.

(울기 직전의 애원 수준) "앞으로 8주 동안 자신이 쓴 글을 읽고, 수업 중간에 이런저런 이야기도 나눌 텐데, 화면을 켜지 않으시면 진행이 힘듭니다. 영상 좀 켜주세요."

이렇게 반응이 없는 곳은 강의 2년 차 만에 처음이었다. 힘이 빠졌다. 어린이 글쓰기 수업을 진행할 때는 강사인 내가 목소리도 더 크게, 또박또박해야 한다. 초등학교 저학년 아이들을 1시간 30분 동안 컴퓨터 모니터 앞에서 집중하게 하려면 더 큰 에너지가 필요해 수업이 끝나면 진이 빠진다. 몸은 힘들지만 참여한 아이 모두 화면을 켜기 때문에 재미와 보람을 느낀다.

성인 대상 수업보다 어린이 수업이 에너지 소모가 훨씬 크지만, 화면을 전혀 안 켠 성인 수업이라면, 어린이 수업보다 10배가 더 힘이 든다. 특히 심리적 부담의 무게가 상당하다. 여하튼 이러한 생각이 들 정도로 마음이 힘들었다. 아무리 비대면이라고 해도 이건 너무하잖아, 라는 생각뿐이었다. 힘든 마음이 채 가라앉기도 전, 갑자기 해당 도서관 사서님에게서 전화가 왔다. (스마트폰 벨 소리를 무음으로 했는데 노트북 옆에 두어서 알았다)

"작가님, 지금 민원 전화가 왔는데요…."
"네?"
"아, 비디오 화면을 켜라고 요구하지 말아 달라고…."
"…."

실제 대화는 더 길었지만, 요점은 이거다. "당신이 아무리 떠들어도 나는 영상을 켜지 않을 테니 그만 좀 강요해라!" 그 순간, 누가 내 몸 안에 리모컨을 넣어 '일시 정지' 버튼을 누른 것처럼 몸과 생각이 전부 멈춰버렸다.

이곳 사서님께서 수업 제안을 하실 때 내용 설명 위주로 해달라고 부탁하셨다. 알겠다고 했지만 2시간 30분을 100% 설명으로 이끌긴 어렵다. 이게 특강이면 몰라도 8주 동안 진행될 수업이다. 하물며 글쓰기다. 수강생들과 주고받는 게 어느 정도 있어야 한다. 그것이 쓰기든 읽기든 이야기든. 그런데 80% 이상의 사람이 화면을 끈 채 아무런 말조차 하지 않을 거란 상황을 조금도 예상하지 못했다. 내가 얼굴을 보이며 온라인 모임에 참여해 달라고 부탁을 넘어 사정까지 하는 이유는 두 가지다.

1. 화면 대부분이 꺼져 있으면 강사가 진행할 힘이 빠집니다

아무도 없는 곳에서 주절주절 말하라고 하면 차라리 덜 힘들겠어요. 동영상 강의 촬영을 위해 카메라 렌즈를 바라보고 혼자서 이야기하는 게 차라리 낫겠다고요. 하지만 약 20명이 함께 있다는 걸 뻔히 아는데, 표정도 반응도 아무것도 알 수 없는 채로 혼자서 2시간 30분을 진행하라는 건, 강사에게 가혹합니다. 특히 글쓰기 수업에서는 더욱이요. 코로나19가 없던 시절에 방송국은 왜 돈을 주면서까지 방청객을 모집했을까요? 그래야 앞에서 진행하는 MC들이 힘이 나거든요. 기쁘면 기쁜 대로, 슬프면 슬픈 대로의 반응을 바로바로 함께 느낄 수 있으니까요.

2. 글쓰기 수업은 그저 듣는 행위가 아닙니다

오프라인 글쓰기 모임 때 혹시 "난 가면을 쓸 테니까 수업 도중에 말 걸지 마세요"라고 하는 사람 봤나요? 아니면, "저는 그냥 조용히 수업만 들을 테니, 나한테 어떠한 질문도 하지 마세요"라고 말하는 사람은요? 오프라인 수업에서 이런 태도를 보이는 사람은 아마 듣지도 보지도 못하셨을 겁니다. 그런데 온라인 수업은 왜 그렇게 소극적인가요? 책 『글쓰기의 최전선』을 쓴 은유 작가님이 여기에 대해 할 말이 있다네요.

나는 글쓰기 수업에서 학인 참여 비중을 높였다. 무엇인가를 배운다는 것은 본디 적극적인 행위이다. 강사의 말을 가만히 듣는 수동적인 상태에서는 배움이 일어나지 않는다. 특히 글쓰기처럼 자기 생산물을 만들어내는 경우는 더욱 그렇다. 피아노 교습소에서 피아노 소리가 안 들릴 수 없듯이 우리 공부방에서도 학인들 목소리, 의견, 생각, 책 읽는 소리가 또랑또랑

울려 나가길 바랐다. 나는 우선 기본적인 글쓰기 기법을 알려 주고는 학인들이 수업을 이끌게 했다. 저마다 책에서 감응한 부분을 읽고 모르는 구절을 묻고 생각과 느낌을 말했다. 또 각자 써온 글을 발표하고 돌아가며 소감을 곁들였다. 학인들이 몸소 말하고 헤매고 느끼는 시간으로 채웠다.

- 은유, 『글쓰기의 최전선』

본래 내 수업에서는 수강생들의 글을 읽고, 삶을 나누는 시간이 반을 차지한다. 때론 이 방법이 좋은지를 고민했는데, 은유 작가님의 글귀를 읽고 완전히 마음을 굳혔다. '그래! 수업을 잘 진행하고 있구나!'

딱 하루만 한두 시간 동안 진행하는 특강이라면 "나는 절대로 화면을 켜지 않겠습니다"라는 고집을 어느 정도 이해하겠다. 그런데 8주 동안 진행되는 글쓰기 수업 겸 모임인데, 그냥 듣기만 하겠다는 태도는 매우 아쉽다. (상황이 어려워서 화면을 켤 수 없음은 물론 대화창에 메모 하나 남기기 어려운 사람도 있겠지만) 함께 얼굴을 맞대며 삶을 나눠야 나도 모르는 글쓰기 아이디어나 글감이 모습을 드러낼 텐데 말이다.

감사하게도 그리고 다행스럽게도 화면을 켜주시거나 대화창으로 반응을 보이신 5~6명의 수강생 덕분에 1회 차를 마칠 수 있었다.

"작가님, 오늘 너무 고생하셨어요!"
"좋은 강의 감사합니다!"
"다음 주 수업도 기대할게요!"

등의 따뜻한 격려와 응원으로 마무리됐다. 나는 앞으로 특강을 제외한 온라인 글쓰기 수업 제안이 오면 다른 건 몰라도 이 말은 꼭 덧붙이겠다.

"도서관 글쓰기 수업 제안에 감사합니다. 다만, 추후 수강생 모집 포스터를 만드실 때 '비디오 화면을 켜시거나 대화창 등으로 적극적인 참여를 하실 분만 신청해주세요'라는 문구를 반드시 넣어주세요."

귀한 시간을 내어 수업에 참석한다면 적극적인 자세가 필요하다. 그래야 글쓰기에 관한 것이든 뭐든 얻어갈 수가 있다. 지금 당장은 몰라도 한 달, 1년, 3년 후 내 모습이, 상황이, 처지가 바뀔지 모를 일이다. 그 누구도 장담할 수 없는 게 인생 아닌가. 어떤 일이든 결국 해내는 사람은 적극적인 태도의 소유자다.

사서님의 전화를 받고 수업이 끝난 직후까지 마음이 편하지 않았다. 내가 뭘 크게 잘못한 사람으로 비친 듯해서 억울하기까지 했다. 내 요구가 나 혼자 편해지자고 한 것도 아닌데, 적극적인 참여로 더 즐겁고 재미있는 시간을 보내길 바랐던 건데…. 오후가 지나 저녁을 맞으니 기분이 좀 나아졌다. 역시 난 단순하다. 이렇게 글로 적으니 마음이 정돈된다. 하지만.

'이 수업이 유료였어도 그랬을까. 내가 유명한 강사였어도 그랬을까. 그래도 민원 전화는 심했잖아….'

도서관에 희망도서로 신청한 내 책이 거절당하다

    책은 되도록 사비로 구매하지만, 읽고 싶은 책 전부를 사들일 수는 없기에 종종 도서관을 찾는다. 어느 날, 책을 대여하다가 직원 한 분이 '리브로피아'라는 이름의 도서관 모바일 앱을 내게 알려줬다.

    세상에, 이거 물건이다. 자주 가는 도서관을 지정하면 대출 현황, 대출 이력, 영화 상영 정보, 오디오북 등을 볼 수 있다. '이거 물건이다'라고 말한 가장 큰 이유는 바로, 희망도서를 도서관에 가서 신청하지 않아도 된다는 것! 한 사람에게라도 내 책을 홍보하려면 부지런히 움직여야 하는 나 같은 무명작가에게 더없이 좋은 기능이 아닐 수 없다. 스마트폰을 열어 몇 분만 손가락을 까딱하면 되니까 말이다.

도서관에서 근무하는 분들은 '그 작가'가 유명하지 않고서야, 자신이 쓴 책을 직접 신청하러 왔는지 안 왔는지 따위에 관심이 없겠지만 (누군지 알아볼 리 없으니), 이전에 나는 모자를 푹 눌러쓰고 희망도서를 신청했다.

내가 쓴 책에 적힌 저자 이름이 본명이 아닌 필명이라 '작가가 직접 자신의 책을 도서관 희망도서로 신청했다'라는 걸 도서관 직원이 알아챌 리가 없겠지만 그래도 얼굴을 가려야 마음이 편했다. 허허. 여하튼, 앱에 있는 희망도서 기능을 활용하려고 『영심이, 널 안아줄게』와 『힘든 일이 있었지만 힘든 일만 있었던 건 아니다』를 신청했다. 소소한 듯해도 열심히 홍보 활동한 나 자신이 기특하다.

며칠 후, 해당 앱을 열고 신청 결과를 보니, 한 권은 신청됐는데, 다른 한 권이 취소됐다. 취소된 책이 오히려 신청돼야 했는데 말이다. 아, 슬프다. 취소 사유는…. 주문 제작형 책이라 안 된단다. 그렇다, 2020년 여름에 출간된 산문집 『힘든 일이 있었지만 힘든 일만 있었던 건 아니다』는 자가 출판 플랫폼을 통해서 출간했다. 대부분의 책처럼 1쇄에 몇백, 몇천 부를 미리 인쇄하는 게 아닌, 주문이 오면 인쇄하는 맞춤형 소량 출판(POD) 방식을 사용한다.

인쇄 방식은 다르지만, 희망도서 신청에는 문제가 없을 줄 알았다. 오프라인 서점에서 판매되진 않아도, 온라인에서는 기획 출판 서적 판매와 다를 바 없기 때문이다. 아쉬움이 밀려왔지만, 어쩌겠나. 안 된다는데…. (이후에 알게 됐는데, 어느 독자님의 인스타그램에서 이 산문집을 도서관에서 빌려 봤다는 내용을 봤다. 어라? 도서관에서 빌렸다고? 같은 책을 도서관 희망도서로 신청했는데 난 왜 거절됐지?)

그럼에도 산문의 향을 느끼고 싶다면

말이 나와서인데, 산문집 『힘든 일이 있었지만 힘든 일만 있었던 건 아니다』는 총 82편의 짧은 글이다. 평소에는 A4 기준 1장이 넘는 글을 많이 쓰기에 분량부터 다르다.

게다가 글의 스타일과 결도 다르다. '글쓰기에 동기를 부여하는' 자기계발형 어조로 글을 써오던 반면에 이 책은 좀 다르다. 어떻게 다른지는 책을 먼저 읽은 지인 엘리 양의 소감을 들어 보자.

"산문집 『힘든 일이 있었지만 힘든 일만 있었던 건 아니다』를 읽고 있는데 글이 너무 좋아. 방금, 내 상황과 딱 맞는 글귀를 읽었어. 하기 싫은 일도 굳은살이 박일 때까지 해내야 하는…. 정말 따스한 위로야. 앉은자리에서 다 보는 중. 난 소설을 좋아하는데 산문도 좋아졌어! 이 책이 기획 출판으로 나왔으면 더욱 좋았을 텐데. 다음에 제대로 출간돼서 많은 사람이 읽으면 좋겠다!"

예고 없이 들이닥친 감동 메시지에 한참을 침묵에 잠겼다. 무명 언저리에 있는 우리라 글귀가 더욱 와닿았나 보다. (그녀는 중국어 캘리그라퍼 겸 책을 쓰는 작가다)

이 책이 정보를 전달하는 내용을 담은 것도 아니고, 독특한 콘셉트를 지닌 글도 아니고, 그렇다고 인지도가 높은

작가의 글도 아닌 터라 50군데 출판사에 투고했을 때 전부 거절당한 건 어쩌면 당연하다. 그런데도 내 글로 위로 받았다는 그녀와 독자님들께 깊은 감사를 드린다. 뻔한 말로 들릴 테지만 위로와 희망을 드리려고 쓴 책인데, 되려 내가 힘을 얻는다.

누구나 '무명'을 안고 살아간다. TV나 영화에 나와야만 논할 수 있는 것은 아니다. 수많은 청춘이 삶의 무명 언저리에 서 있다. 그래서인지 무명 담을 듣노라면 남 이야기 같지 않아 좀 더욱 볼륨을 높인다.

- 이지니, 『힘든 일이 있었지만 힘든 일만 있었던 건 아니다』

굳이 이렇게 안 좋은 글을 남겨야 속이 후련했냐!

딸아이의 이 앓이가 시작되면서 새벽에 서너 번은 꼭 깬다. 칭얼거리는 소리에 나까지 깬다. 딸아이가 다시 잠들면 나는 잠시 스마트폰을 집어 든다. 그러곤 온라인 서점에 들어가 내 책 아래에 적힌 서평을 들춘다.

이런, 괜히 봤다.

혹평이다. 첫 책 이후로 오랜만에 만난 또 다른 혹평. 누가 썼는지 무척이나 궁금한 나는 나름대로 쉽게 그녀를 찾을 수 있었다. K 예술대학교에 재학 중인 여대생(다행히(?) 내 후배는 아니다). '예술대학교 학생이라니….' 서운함과 배신감이 10배로 밀려왔다.

'아니, 예술대학교 학생이라면, 적어도 당신도 '창작'의 수고로움을 알 텐데, 무에서 유를 창조해 낸 창작자에게 따스한 응원은 못 해줄망정, 아니, 응원도 바라지 않아. 아무리 마음에 안 들어도 결과물을 만들어내기까지 고생한 걸 모르진 않을 텐데, 하나부터 열까지 당신 책은 별로라고 열거하다니. 마음에 드는 구석이 없다면 글을 남기질 말지. 책 쓴 사람 기운만 빠지게…'

그래, 혹평할 수 있다. 민주주의 국가에서 뭔들 불가능하리. 하지만 나도 반론 좀 하자. 내 책에서 띄어쓰기가 잘못된 부분을 지적했는데, 어딘지 좀 알려주던가. (띄어쓰기는 각 출판사에서 어느 국어사전을 참고했는지에 따라 조금씩 다를 수 있다) 문체 비판은 독자마다 취향이 다르니, 패스.

내 책에 자랑이 많다고 했는데, 그건 당연하다. 책 제목을 보면 모르나? 『무명작가지만 글쓰기로 먹고삽니다』란 말이다. 무명작가라서 궁상맞게 손가락이나 빨고 있습니다, 가 아니다. 잘나가는 작가는 아니지만 '글쓰기'로 잘 먹고 잘 지낸다는 얘기다. 그러니 저자의 서러움보다는 글쓰기로 일어선 이야기, 포기하지 않고 왔기에 결국은 도서관 글쓰기 강의나 강연 등의 좋은 기회를 얻은 이야기 등이 많은 건 당연하다.

말이 나와서인데, 작년 11월에 <안녕하세요, 작가님>이라는 제목의 메일 한 통을 받았다. 시작은 이렇다.

"저는 역사, 문화 관련 책을 즐겨 읽는 한 청년입니다. 최근에 제가 쓴 부족한 글을 주위의 몇몇 나이 많은 어르신들이 흥미 있게 읽으셨습니다. 그분들을 위해 조금이라도 나은 글을 보여드리고 싶어 평생 안 읽던 글쓰기 책을 조금씩 읽고 있습니다."

중고 서점에서 내가 쓴 첫 책 『꽂히는 글쓰기의 잔기술』을 구매해 읽었다며 구구절절 혹평을 남겼다. 크게 실망했단다. 창문으로 바깥을 보고 싶은데 그 창문에 먼지가 가득 낀 느낌이란다. 나는 마음을 다해 썼는데, 그는 글에서 아무런 진심을 느끼진 못했단다. 그러곤 "제 생각일 뿐이니 노여워하지는 말아주십시오"라며 마무리를 지었다.

음, 그래서…. 당신이 쓴 그 흥미로운 글은 어디에 가면 볼 수 있나요? 왜 내게는 보여주지 않는 거죠? 혹시나 해서 당신의 블로그에 가 봤더니, 단 한 줄의 글도 찾을 수 없더군요. 아쉬웠습니다. 블로그에라도 당신이 쓴 글을 공개하지 그랬나요? 그랬다면 내가 한 수 배웠을 텐데요.

예술대 K 양과 블로거 D 군! 당신들이 이 글을 본다면 내가 진심으로 바라는 게 있다. 훗날 당신들도 책을 한 권 출간하든지, 작품을 만들어 전시회를 열든지 하게 되면 내게 알려주소. 복수심으로 나 역시 혹평을 날리겠다는 뜻이 아니라, 그러는 당신들은 얼마나 잘했는지 보고 싶으니까.

비난이나 비판은 누구나 할 수 있다. 불평도 할 수 있다. 하지만 불만으로 가득한 사람에게 불만 관련한 글을 부탁하면 어떤 일이 일어날까? 그중 자기 불만을 조리 있게 설명해 다른 사람을 설득할 수 있는 사람이 몇이나 될까? 난 거의 없을 것으로 예측한다.

- 한근태, 『당신이 누구인지 책으로 증명하라!』

"혹평에 마음이 상했지만, 이 역시도 내게 관심을 두시는 거로 생각합니다. 기분 좋은 당근도 필요하지만, 때론 이러한 채찍도 필요하지요. 호호."라는 말은 하기 싫다.

책을 읽고 아쉬운 부분을 느낀 어느 독자님은 내 기분이 상하지 않게 예의 바른 어조로 말씀해 주셨다. 참 감사했다. 하지만 위에서 말한 두 사연처럼 무조건의 채찍은 정말 기분이 별로다. 내가 어떻게 살아왔고, 버텨왔는지 당신이 알아? 모르잖아. 난 책 한 권을 쓰기 위해 내 평생을 바쳤고, 노력했고, 눈물을 쏟았단 말이야. 당신의 그 서너 줄의 혹평으로 무너질 내가 아니지만, 기분은 별로였어.

그래도 좋은 건 하나 있더라. 아이유처럼 유명한 가수나 몇백만 부 베스트셀러 작가들도 엄청난 악성 댓글이나 혹평을 받는다는데, 나도 이제 그 바닥(?)에 들어서려는 징조인가 싶어서.

나도 참 많이 컸다. 첫 책을 출간하고 처음 받은 악성 댓글이나 혹평에 마음에 무너져 일주일 이상 밥도 제대로 못

먹었는데, 이제는 나름대로 정신력이 강해진 듯하다. 더 강해지면 이렇게 내 감정을 글로 옮기지도 않겠지만.

내가 계속해서 글을 쓸 수 있는 이유는 내 글을 좋아하고 사랑해 주는, 아직은 부족한 모습이어도 따스한 응원과 격려를 아끼지 않는 독자님들 덕분이다. 한 분 한 분 만나 뵐 수는 없지만, 지면을 빌려 머리 숙여 감사의 인사를 전합니다. 고맙습니다. 정말로 고맙습니다. 그런 의미로 『무명작가지만 글쓰기로 먹고삽니다』를 읽은 어느 독자님의 '내돈내산(업체에 상품을 무료로 받지 않고, 소비자 스스로 산 물건)' 서평 중 일부를 보여드리고 싶다.

"활자도 크고, 문장도 짧아서 편하게 읽히는 글이다. 무엇보다 오탈자를 보지 못했다. 평소에도 책을 천천히 읽는 편이지만 읽다가 다시 돌아가서 읽을 정도로 어려운 부분이나 막히는 부분이 없었다. 글쓴이의 엄청난 노력이 느껴지는 부분이다. 나는 단지 읽기만 하면 되니까. 말하자면, 차려놓은 밥상에 숟가락 들고 먹기만 하면 되니까. 이야기도 한결같이 절실해 보인다. 그래서 이 책을 사길 잘했다는 생각이 든다. 절실한 사람에게 들인 돈은 한 푼도 아깝지 않다. 저자의 생활 형편은 모르겠지만 글을 잘 쓰고 싶은 절실함, 발전하고 싶은 절실함이 책에 고스란히 느껴진다. 좋아하는 일을 잘하고 싶은 마음을 주문 걸듯이 끌어내는 글이다."

같은 책을 읽었는데 누구는 이러한 시선과 마음을 담아 서평을 남긴다. 아, 말이나 글로 사람을 죽이고 살린다는데, 정말 그렇다. 내 마음을 알아주시는 듯해 코끝마저 찡해졌다. 감사합니다, 독자님!

프로와 아마추어 사이에
있는 나

내 본업은 책을 출간하는 작가이지만, 글쓰기라는 주제로 알고 있는 지식이나 경험을 나누는 '강사'의 길에서 나는 과연 프로에 좀 더 가까운지, 아니면 아마추어인지 궁금했다. 이 궁금증은 곧장 녹색 창을 열어 '프로와 아마추어'를 입력하게 했다. 관련 글을 여러 개 보다가 아래의 글이 눈에 들어왔다.

프로와 아마추어의 차이

1. 프로는 기회가 오면 우선 잡고 보지만, 아마추어는 생각만하다 기회를 놓친다.

2. 프로는 뚜렷한 목표가 있지만, 아마추어는 목표가 없다.

3. 프로는 행동으로 보여 주고, 아마추어는 말로 보여 준다.

4. 프로는 해보겠다고 하지만, 아마추어는 안 된다고 한다.

5. 프로는 시간을 리드하고, 아마추어는 시간에 끌려다닌다.

5개의 문장이 나와 거의 다 일치해서 깜짝 놀랐다. 그렇다면 나는 '프로'인가 보다, 라며 어깨 뽕이 스멀스멀 올라올 때쯤 tvN의 예능 프로그램 <유 퀴즈 온 더 블럭> '소녀시대 편'을 봤다.

자막 질문 인간 서주현(소녀시대 멤버 서현의 본명)의 감정을 숨겨야 했던 때

서현 할머니가 돌아가셨을 때 가장 힘들었어요. 어렸을 때부터 같이 살았기 때문에 거의 엄마처럼 할머니를 따르곤 했거든요. 그때가 '태티서(걸그룹 소녀시대의 첫 번째 공식 유닛 그룹)'로 활동을 시작할 때였고, <트윙클>이란 노래로 첫 방송을 한 날이었어요. 그날 할머니가 돌아가신 거예요. 새벽에 할머니의 소식을 들었는데, 첫 유닛으로 데뷔하는 날이기도 하고, 무대 위에서는 웃어야 하잖아요…. 인제 와서 돌이켜 보면 '아 그때 조금 나 자신의 마음에 더 귀 기울일걸'이라는 생각이

들어요.

5년 차 무명작가에게 쏟아지는 강의와 강연 등의 러브콜에 행복한 비명을 지르던 어느 날, 딸아이는 남편에게 맡기고 서재에서 온라인 글쓰기 수업을 준비하고 있었다.

수업 시작 1분 전인 밤 8시 59분, 갑자기 휴대전화기 벨소리가 울렸다. 아빠였다. 평소 새벽 4~5시에 기상, 밤 9시 이내에 주무시는 부모님이라서 이 시간에 내게 전화가 올 리 없는데, 왠지 느낌이 싸했다. 몇 초 뒤면 수업을 시작해야 하지만, 전화를 꼭 받아야 할 것만 같았다. 아빠가 전화를 거신 이유를 듣기도 전부터 겁에 질려서, "아빠! 무슨 일이에요!"라는 말이 먼저 튀어나왔다.

"지니야, 엄마가 갑자기 배가 아프다고 해서 지금 응급실에 왔는데…."
"네? 엄마가요? 왜요?"
"네 엄마가 어지간해서는 아프다는 말을 안 하잖아. 아, 근데 갑자기 아까 배가 아프다고 막 그러는데. 아주 심한 정도는 아니고⋯."

"심하진 않으신 거예요? 그런데 아빠, 어쩌죠? 이제 막 수업이 시작됐어요⋯. 이따 10시 반에 연락드릴 수 있는데⋯."

"아, 오늘 수업이 있었구나. 우리 딸 수고하네⋯. 아빠가 괜히 전화했구나. 심각한 건 아니니까 걱정하지 마. 그럼, 수업에 열중하렴!"

전화를 끊은 그 찰나의 순간에 한 개그맨의 고충이 떠올랐다. 어느 개그맨이 아내의 입원 소식을 듣고도 병원으로 가지 못한 채 무대 위에서 관객들을 웃겨야만 했다는 이야기. 이러한 사연이 어디 그 개그맨뿐이랴. 그 앞에 언급한 가수 서현도 예외는 아니었다.

나 역시 슬픔을 뒤로한 채, 마치 아무 일 없었다는 듯이 가면을 써야 했다. 지금 당장 엄마가 구급차에 실려 응급실로 향한다고 해서 내 슬픔을 드러낸 채 수업할 수는 없었다. 그런데 여기서 나는 '프로'가 아님이 증명됐다. 아빠와의 전화를 끊고 수강생분들께 이렇게 말했기 때문이다.

"방금 아빠한테 전화가 왔는데요, 엄마가 심한 복통으로 지금 응급실에 가셨다고…."

이 말을 했다고 해서 90분 내내 슬픈 표정이나 어조로 수업을 진행하진 않았다. 다른 때처럼 내 무기인 밝은 에너지를 뿜으며 진행했다. 하지만 수강생분들께 내가 처한 상황을 드러냈으니, 진정한 프로가 아닌 거로….

집에서 온라인으로 수업할 때는 물론, 외부에서 강의나 미팅할 때에도 갑자기 안좋은 소식을 들을 수 있다. 그때마다 슬픔은 잠시 묻어 두고, 그저 아무 일 없다는 듯이 아무도 눈치채지 못하게 행동해야겠지. 진정한 프로들은 그랬으니까.

* 덧붙이는 말 : 그날 엄마는 응급실에서 치료를 받고 하루 입원하신 뒤 괜찮아지셨다. 다음 날 엄마가 내게 "아이고, 네 아빠는 왜 쓸데 없이 바쁜 너한테 전화해서 걱정을 끼치게 하냐. 많이 놀랐지?"라며 아픈 당신보다 끝까지 자식 걱정을 하셨다.

내가 감히
대단한 사람들 앞에 서다니

2020년 4월에 출간된 『무명작가지만 글쓰기로 먹고삽니다』에 '영업 좀 할게요(글쓰기, 책 쓰기, 동기부여 등의 주제로 강연이나 강의 제안을 내게 해달라는 내용)'라는 소제목의 글이 있는데, 도서관이나 기업체 관계자분들이 그 글을 읽은 걸까? 요즘 도서관이나 기업체에서 보낸 메일이 부쩍 쏟아지고 있다. 아직 2월인데 올 12월 일정까지 다 찼다.

'내가 뭐라고'
'나 같은 애가 감히 더 대단한 사람들 앞에서 강의나 강연을 하다니'

과거의 나는 다니던 직장마다 길면 2년을 버티지 못하며 그만두기를 밥 먹듯이 했다. 친한 친구 J 양의 연봉이 5,000만 원을 넘을 때, 나는 월 30~40만 원을 받는 아르바이트를 하거나 언제 잘릴지 모를 계약직 신분이었다. 몇 년 후, 직장을 잃었고 그동안 모은 돈 전부를 책 쓰기(를 배우는 센터)에 쏟아부었다.

누구도 내 미래를 기대하지 않았다. 나 자신조차도. 그러다가 5년 전, 잘하고 싶고, 잘할 수 있다고 여긴 '책 쓰는 삶'에 발을 내디뎠다. 6년이 지난 지금, 전국에 있는 여러 도서관에서 글쓰기 강의 제안을 받고 있다. 한 달 수입으로 따지면 회사에 다닐 때가 더 많지만(곧 추월할 것 같다), 실제로 일한 시간만 따지면 지금이 5배 이상 높다. 무엇보다 삶의 만족도가 그저 그런 하루하루를 보냈던 과거와 비교도 할 수 없다.

책을 읽고 글을 쓰는 일, 글쓰기 지식이나 정보 등을 수강생분들에게 전하는 일. 이것이 '내 일'이다. 내 일을 생각할 때마다 즐겁고 설렌다. 이 글도 개인 온라인 글쓰기 수업을 마치자마자 소파에 앉아서 스마트폰으로 쓰고 있다. 밤 10시 35분부터 쓰기 시작해서 현재 자정을 넘겼다. 짧은 글이지만 퇴고까지 하려면 시간이 걸린다.

남편이 퇴근하기 전까지 온종일 육아에, 밤 수업까지 지칠 만하지만 누가 시켜서 할 수 있는 일인가 이게. 난 누가 시키면 하려던 일도 하기 싫어진다. 마치 이제 막 TV 시청을 끝내고 방에 들어가 공부 좀 하려는 딸이 "넌 도대체 공부는 언제 할 거니? 아이고, 속 터져!"라는 엄마 말을 듣고 공부하기가 싫어지듯이. 순전히 내가 좋아서, 몸이 힘들어도, 더 자고 싶어도 서재를 지키고 있다. 최근에는 강의나 강연 등의 일정 조율이나 강의료 협의가 되지 않아 거절한 곳만도 두 군데다.

듣고 싶은 수업을 찾아서 수강하던 '수강생' 입장에서 이제는 전국에 있는 도서관 사서님들의 강의나 강연 제안을 받는 '강사'가 됐다. 이런 변화가 아직은 어색하다. 어색하다고 해서 티셔츠에 청바지 차림을 즐기다가 어느 날 갑자기 쫙 달라붙는 원피스를 입은 그런 낯선 느낌은 아니다.

　하루아침에 로또 1등 당첨금이 생긴 것도 아니고, 인기 그룹 '방탄소년단' 멤버 중 지민 님이 자신의 SNS에 내가 쓴 책을 소개한 것도 아니지만, 하루하루 내게 닿는 작은 변화가 그저 놀랍다. 어쩌면 이제 시작일지도 모른다. 이런 내 인생의 흐름이 그저 신기하고 감사하다.

네이버 블로그 이용 제한
30일이라고?

'회원님의 블로그에 이용 제한 30일이 생겼습니다'

어느 날 아침에 온 메일을 보고 경악했다. 지금껏 업체에서 돈이나 제품을 받고 블로그에 포스팅한 적도 없고(정말 읽고 싶은 도서 협찬은 제외하고), 해당 주제를 가지고 매번 똑같은 글을 써서 '도배'한 적도 없이 그저 7년을 정직하게 운영했는데. 이런 내가 스팸성 게시글을 작성했다니…. 누명을 쓴 것도 억울한데 블로그 글쓰기를 무려 30일 동안이나 정지당했다. 운영 7년 만에 처음이다.

바로 네이버 고객센터에 메시지를 보냈다. 내게 블로그가 어떤 존재인지 구구절절 설명하고 싶었지만 참았다. 대신 해외에서 로그인을 시도한 흔적이 드러났으니 당연히 내가 한 짓이 아니란 걸 화면 캡처를 첨부해서 증명했다.

만약 30일이나 기다렸다가 글을 작성하라고 하면…. 상상도 하기 싫다. 이 일로 네이버 비밀번호를 변경하고, 2단계까지 인증을 설정해 두었다. 다행히 네이버 고객센터에서 내가 한 짓이 아님을 알고 글쓰기 제한을 풀어줬다. (빠른 처리 감사합니다!) 소도 잃지 않고(블로그 30일 이용 정지) 외양간도 고쳤다(2단계 인증 설정) 비록 좀 놀라긴 했지만 내 블로그 계정을 지킬 수 있어 다행이다.

겨우 하루 만에 작성하는 포스팅인데 기분이 다른 때와는 달랐다. 블로그의 소중함(?)을 깨달은 건 물론, 보안에 더욱 신경을 써야 한다는 마음마저 굳건해졌다.

이 일로 끔찍한 생각을 해 봤다. 만약 네이버 아이디가 잘못돼서 블로그를 사용할 수 없게 된다면? 블로그로 일감을 얻기도 하는 프리랜서라서 밥줄 위험도 위험이지만, 가장 애정하는 글쓰기 플랫폼이기에 그 슬픔은 말로 표현이 어려울 거다.

　혹시 누군가가 '새로운 아이디로 블로그를 다시 시작하면 되잖아요?'라는 질문을 한다면? 오랜 시간 성실히 쌓은 콘텐츠로 이미 최적화가 된 블로그인데, 그걸 처음부터 다시 시작하라고? 하⋯. 상상하고 싶지도 않다. 생각만으로도 머리가 지끈, 심장이 쿵쾅, 동공이 벌벌, 손발이 떨린다. 최악의 상황이 부디 앞으로도 나를 찾지 않았으면 좋겠다.

브런치에 올린 내 글이
100명 이상에게 공유되다

배 속에 있던 딸아이가 세상으로 나온 뒤부터 매일 글을 쓰기가 더욱 어려워졌다. 아기가 생후 8개월이 되자 낮잠은 줄고 움직임은 많아져, 낮에는 그나마 있던 내 시간이 더 줄어들었다. 대신 밤에 10시간 이상 통잠을 자니 오히려 하루에 내게 주어지는 시간은 더 많아졌다. 상황이 어떻든 아무리 피곤하고 바빠도 최소 주 2회는 A4 1장 이상 분량의 글을 쓰려고 노력한다.

내가 쓰는 글은 블로그, 브런치, 인스타그램에 발행한다. 솔직히 애정도로 따지면, 아무래도 7년 넘게 운영 중인 블로그가 최상이고, 그다음이 온라인 이웃과의 소통이 가장 활발한 인스타그램, 그리고 브런치다. 브런치는 시작한 지는 좀 됐는데, 뭐랄까…. 해도 그만 안 해도 그만으로 여겼던 게 사실이다.

그런데 요즘 내 브런치가 심상치 않다. 최근까지 200명을 갓 넘은 구독자 수가 며칠 사이 270을 넘겼다. 아직 놀라긴 이르다. 발행한 글 중 '사람 인생, 아무도 모른다'라는 제목으로 올린 글이 101번이나 공유됐다는 사실! 나는 이 중대한 사실을 글이 100개 이상 공유되고 나서야 알았다.

그동안 내 글을 읽고 많은 분이 '좋아요'를 눌러 주시거나 댓글을 남기셨지만, 공유가 된 건 이번이 처음이다. 그것도 100번이나 공유되다니 더욱 놀라웠다. 한두 번도 아니고 100번 이상이 공유됐다면, 이건 분명 브런치 플랫폼에서 내 글을 소개했다는 의미로 해석해도 무방할 터다. 어느 날인지는 정확히 모르겠지만 브런치 메인 홈페이지 등에 내 글이 소개됐다는 얘기다.

그도 그럴 것이, 몇 년 전에 『아무도 널 탓하지 않아』라는 제목의 브런치 북이 홈페이지 메인에 노출되면서, 말

그대로 대박이 났다. 조회 수 1만, 2만, 3만 이상을 넘으며
한 자릿수의 구독자가 하루아침에 세 자리로 변해버린 기
적이 일어났기 때문이다.

블로그를 운영한 지는 7년이 넘어서 '운영'이라는 생각
자체가 안 든다. 하루에 한 번씩 섭취해야 하는 영양제 같
다고나 할까? 당장 오늘은 모르지만, 쌓이면 건강에 도움
이 되는 영양제처럼 한두 개씩 쌓이는 포스팅이 내게 새로
운 기회를 선물해 주니 말이다.

그런데 브런치는, '오늘 안 해도 뭐' '이 글을 브런치에
발행하지 않아도 뭐….'라고 생각했다. 안 해도 그만인 글
쓰기 창고라고 여긴 거다. 그런데 잊을만하면 홈페이지 메
인에 내가 발행한 글을 소개해 주는 덕에 오늘도 마음을
다잡는다.

'그래, 브런치를 끝까지 놓지 말자! 브런치도 블로그 못
지않게 열심히 운영하라고 잊을만하면 상위 노출로 동
기부여를 해주는구나. 늘어나는 구독자님들을 위해서라

도 놓지 말아야겠다!'

어떠한 일도 갑자기 이루어지지 않는다.

한 알의 과일, 한 송이의 꽃도

그렇게 되지 않는다.

나무의 열매조차 금방 맺히지 않는데

하물며 인생의 열매를 노력도 안 하고

조급하게 기다리는 것은

잘못된 것이다.

- 에픽테토스 -

Part 3

방구석에서 얻은 깨달음

출판사 대표님과 저자의 호흡이 중요해!

대표님의 메시지 1.

책 『무명작가지만 글쓰기로 먹고삽니다』의 실물을 드디어 봤어요! 실물이 훨씬 예쁩니다. 작업을 너무 즐겁게 했고 콘셉팅 작업도 아주 만족스러웠어요. 작가님이 이미 너무 좋은 기획을 해서 원고를 잘 써주셔서 제가 별로 할 일이 없었습니다. 이지니 작가님처럼 기획과 마케팅을 잘 아는 작가님과 일을 한 것은 큰 행운이었습니다. 이 책에는 작가님의 지난 5년이 담겨있습니다. 재미와 감동이 있고 글쓰기와 책 쓰기에 도움이 되는 실제적인 내용도 다양합니다. 글쓰기를 좋아하고 직업과 연결하고 싶으신 분들에게 자신 있게 권해드립니다.

대표님의 메시지 2.

긍정적인 작가님의 모습은 저에게 큰 자극이 되었고 글에 나온 모습과 작가님의 실제 모습이 완전히 똑같았기에 제가 받는 감동은 더 컸습니다. 작은 일에도 항상 감사하는 작가님의 모습이 정말 보기 좋았습니다. 항상 제가 결정하는 일에 긍정적으로 답해주시고 용기를 주시고 '내가 작가님께 뭔가 더 해드리고 싶다'라는 생각이 절로 들게 하셨어요. 이 책이 잘되면 당연히 좋지만, 저는 이번에 이지니 작가님과 같이 작업한 사실만으로도 이미 모든 보상을 다 받은 느낌입니다. ^^ 『무명작가지만 글쓰기로 먹고삽니다』는 많이 사랑받을 겁니다.

지금껏 8권을 출간하면서 4곳의 출판사와 책 작업을 했는데, 책이 계약된 후 출간될 때까지 출판사 대표 혹은 편집자와 의견이 엉킨 적이 한 번도 없다. 내 자랑이 아니라, 책을 쓰는 건 나지만 만드는 건 출판사이기에 저자는 전적으로 출판사를 믿고 맡기는 게 마땅하다고 여겨서다. 내가 제시한 의견이 책에 반영이 될 때가 있고 안 될 때가 있다. 설령 반영되지 않는다고 해도 출판사 결정을 시원하게(?)

따른다.

『무명작가지만 글쓰기로 먹고삽니다』를 만들 때는 더 없이 즐겁고 행복했다. 대표님의 지칠 줄 모르는 밝은 에너지 덕분이다. 무엇보다 저자인 내가 기분 상하지 않도록 말 하나에도 배려가 담겨있어서 대표님에게 오는 메일이나 카톡 메시지가 연애편지 그 이상의 설렘을 주었다. 대표님 같은 분과의 작업이라면 나는 더욱 힘이 나 "네! 좋아요!" "정말 좋은 생각이네요! 역시 대표님!"이라는 긍정의 언어를 뱉는다.

좋은 책을 만드는 데는 좋은 원고만 필요한 게 아니다. 서로를 배려하며 믿어주고 응원해주며 기대해주는 저자와 편집자(혹은 출판사 대표)의 자세가 더욱 중요하다. 고로 나는 너무나 귀한 분과 이번 책 작업을 할 수 있어서 행복했다. 이 행복이 『무명작가지만 글쓰기로 먹고삽니다』를 읽는 모든 분께 고스란히 전해지기를 소망한다.

(감사하게도 출간된 지 1년이 훌쩍 넘은 지금까지 책은 많은 분의 사랑을 받고 있다. 흐흐~)

좋아하는 일로
돈을 번다는 것

지난 15일, 서울에 있는 한 도서관에서 4주 동안 온라인으로 진행한 책 쓰기 수업이 잘 마무리됐다. 지원자 15명 중 두 분을 제외하고는 끝까지 수업에 참여해 주셔서 진행하는 내게도 큰 힘이 됐다. 게다가 몇몇 분이 내 이메일로 따스한 메시지까지 보내 주셔서 어찌나 감사하던지. 무엇보다 아무것도 아닌 내게 이런 귀한 기회를 또 한 번 (이전에 다른 주제로도 강의 진행) 허락해 주신 도서관 사서님께 감사했다.

강사료 지급을 위해 강사확인서 및 근무상황부에 사인해서 보내 달라는 사서님의 요청에 마음속으로 콧노래를 부르며 서류에 사인하고 스캔해서 전달했다.

문득 4~5년 전 일이 가슴에 떠올랐다. 커피 한 잔 사 마실 여윳돈이 없던 그때가 말이다. 주변 친구들이 한 회사에 진득하게 다니며 몸값을 올리는 동안, 반드시 꿈을 이루겠다며 자기 계발로 천만 원에 가까운 돈을 투자했고, 글을 쓰며 빚을 갚으려 계약직과 아르바이트를 전전하던 나. 남들 눈에는 소위 '루저'라 불리던 내 모습이 떠오른 것이다.

그때의 내가, 미래에 책을 써서 많은 분 앞에서 글쓰기 경험과 지식을 전하게 될 거라고 상상이나 했을까? 음, 다른 건 몰라도 내가 좋아하는 일을 하며 사는 모습은 예감했다. 당시에 나는 '지금은 보잘것없지만, 두고 봐라(안 좋은 의미의 다짐이 아닙니다). 반드시 내가 해야만 하는 일, 좋아하는 일, 잘할 수 있는 일로 행복하게 살리라!'라며 두 주먹을 불끈 쥐었다.

그리고 지금, 그날의 다짐대로 좋아하는 일을 하며 살고 있다. 심지어 돈까지 벌면서 말이다. 사실 나는 돈을 보고 이 길을 온 게 아니다. 처음부터 '책을 써서 강의하며 돈을 벌어야지!'라는 마음으로 들어선 게 아니다. 그저 책 쓰기가 좋아서 꾸준히 썼고, 5년이 지나 강의 기회가 여러 차례 왔고 (첫 책을 출간하자마자 강의 기회가 왔지만, 너무 두려워서 거절했어요) 이 역시 신나는 일이라 제안이 올 때마다 수업을 진행했더니 강사료인 '돈'을 주었다.

책으로 돈을 번다는 건 애초에 기적이라고 생각했기 때문에, 일찌감치 '거대한 꿈'을 내려놓고 계속해서 글을 썼다. 혹여 처음부터 글을 써서 인세로 먹고살고 싶다고 생각하는 분이 계신다면, 음…. 깊이 고민하시길 바란다. 부정의 답을 드리고 싶진 않지만, 이 바닥이 그렇다. 10만 부, 50만 부가 팔리는 인기도서의 영역은 사람이 아닌 신이 결정할 일이다. 출판사에 수십 년 몸담은 베테랑 편집자들도 '잘 팔리는 책'을 예상하지만 빗나가기 일쑤라고 하니 말 다 했다.

'책 쓰기'라는 길에 막 들어서던 때도 그랬고, 출판 시장의 현실을 아는 지금도 그렇고 내가 가장 좋아하는 일, 내 심장이 콩닥거리는 일, 잠을 덜 자도 피곤치 않은 일은 글을 써서 책을 내는 것이다. 글쓰기가 아닌, 책 쓰기라고 하는 이유는 내가 글을 쓰는 목적이 책 출간이기 때문이다. 10년 전에는 글을 꾸준히 쓰고 싶어서 메모했다면, 이제는 책을 출간하려 꾸준히 글을 모은다. 책을 쓰며 내 경험과 지식을 다른 이들에게 전하는 일 또한 무엇보다 행복하다.

'그저 좋아하는 일을 했더니, 어느 날 돈이 들어오더라'

예전에 TV 다큐멘터리를 보다가 어떤 사람이 한 말이다. 좋아하는 일을 하며 돈을 버는 이들이 얼마나 많을지는 모르지만, 대부분 사람이 꿈꾸지 않나? 과거의 내가 그랬듯이. 물론 좋아하는 일로 돈까지 벌려면 시간이 좀 필요하다. 무작정 돈을 벌어야 한다면 당장 아르바이트를 하거나 회사 등에 취직하면 되지만, 좋아하는 일로 돈을 벌기 위해서는 일단 그 일을 시작해야 한다. 언제까지? 돈이 벌릴 때까지.

그런데 또 '돈'을 염두에 두고 시작하면, 중도에 그만둘 확률이 높다. 좋아하는 일이라고 하면서 '아, 도대체 돈은 언제 벌리는 거야…'라는 생각이 나도 모르게 들기 때문이다. 이 생각이 들어오는 순간, 좋아해서, 즐거워서 하던일이 '억지로', '마지못해'로 바뀔 수 있다는 얘기다. 자기계발 투자로 빚이 산더미였던 나는 TV 속의 말이 크게 와닿았고 나도 분명 그렇게 되겠다고 생각했다. 지금을 예감했나 보다. 물론 글쓰기로 돈을 벌기까지 4~5년이 걸렸지만, 누군가는 더 짧게, 또 다른 누군가는 10년 이상의 긴 시간이 필요할지 모를 일이다.

내 책 『무명작가지만 글쓰기로 먹고삽니다』가 출간된지 100일이 지났다. 독자님이 꾸준히 느는 걸 보니 글쓰기에 관심 있는 분들이 정말 많구나, 느낀다. 더 나아가 작가를 꿈꾸고, 글로 돈을 벌고자 희망하는 분들 또한 적지 않다는 방증이라 여긴다. 잘은 몰라도 글쓰기, 책 쓰기 등의키워드에 관심 있는 분들이 앞으로도 줄진 않을 듯하다.

그분들께 조금 먼저 이 길을 걷고, 경험한 내가 작은 나침반이 되어드리고 싶다. 그런 의미로 더 열심히 경험하겠다. 깨닫겠다. 넘어지고 실패할지라도, 화가 나고 억울해도 내가 겪어야만 한다면 피하지 않겠다. (후들후들, 나 지금 떨고 있나요?)

　미약할지 모르지만, 나의 여러 경험을 바탕으로 필요로 하는 누군가에게 글쓰기 방법 안내 및 책 쓰기 동기부여는 물론 꼭 필요한 시행착오 처방전을 드릴 수 있도록 노력하겠다. 약속!

책 기획은 즐겁지만
사업은 No!

"네가 직접 출판사를 운영해 봐!"

친한 친구들에게 자주 듣는 말이다. 타인의 책이 아니어도 좋으니, '내 책' 출간을 위한 출판사를 차리란다. 나 역시 1인 출판사 운영을 막연히 생각한 적이 있긴 하다.

이기주 작가님의 『언어의 온도』나 강주원 작가님의 『이러지도 저러지도 못하는 당신에게』처럼 저자인 내가 직접 출판사를 만들어서 책을 내고 싶었다. 투고를 거절당할 일도 없고, 쓰고 싶은 글을 언제든 책으로 엮을 수 있다는 큰 장점이 있는데 할 수만 있다며 누가 마다할까. 하지만 출판사 운영까지의 실행을 막은 건, 책을 만드는 비용과 발로 뛰어야 하는 수고 외에 또 있었다.

아무리 생각해도 창업에 필요한 비용으로 내가 읽고 싶은 책을 더 사고, 그 수고로 글 한 편 더 쓰는 게 나을 것 같았다. 그리고 무엇보다, 사업엔 재능도 흥미도 관심도 없었다. 출판사를 운영할 운명은 아닌 거로.

1인 출판사 운영까지는 못해도, 책 쓰기 수업은 진행할까 했다. 자신의 책을 출간하고 싶은 수강생의 성격이나 취미, 과거에 했던 일이나 현재에 하는 일, 미래에 하고자하는 일과 걸맞은 주제로 콘셉트를 잡아, 책 제목, 부제, 목차, 원고 수정, 출판사 투고 등을 돕는 수업을 말이다. 시간과 정성이 어마하게 투자되니 수강료가 절대 저렴하진 않을 것이다.

2016년 가을에 고액을 내고 책 쓰기 수업을 받은 적이있다. (금액을 들으면 춘곤증이 난무하는 요즘, 절로 잠이 깰듯하지만 공개하진 않겠다) 수업료가 터무니없이 비쌌다. 그때는 '꿈'에 너무나 갈급했기에 뵈는 게 없었지만, 생각할수록 말도 안 되는 금액이라 생각된다.

　내가 만약 책 쓰기 수업을 진행한다면 과거에 내가 지불했던 책 쓰기 수업보다는 저렴하겠지만, 지금 받는 글쓰기 수업료보다는 훨씬 높게 책정할 것 같다. 지금껏 8권(세 권은 전자책)을 집필하며 쌓인 책 쓰기 경험과 지식 그리고 책에도 싣지 않은 에피소드를 전달함으로써 수강생이 굳이 안 겪어도 될 일을 막아줄 수 있고, 한 권이 아니고 계속해서 책을 출간할 힘을 길러드릴 수 있을 것 같다.

　수강료를 떠나 수업을 하게 되면 수강생이 쓴 원고를 A부터 Z까지 꼼꼼히 검토해야 한다. 분명 도전하고 싶은 영역(책 콘셉트부터 출간까지 돕는 과외)이기는 한데, 그럴 시간이 있다면 내 책에 좀 더 신경을 쓰고 싶다. 아직은 그렇다. 이메일이나 블로그 댓글, 인스타그램 DM 등으로 책 쓰기 컨설팅 의뢰를 종종 받는다. 일대일이든 소수 모임이든 책 쓰기 수업을 원하는 분들이다. 긍정의 답변을 드리고 싶지만, 수업하는 동안에는 오롯이 타인의 원고에만 매달려야 하니 망설이지 않을 수 없다.

책 쓰기 과외는 아니지만, 콘셉트 잡기부터 출간 이후에 해야 하는 일까지의 내용을 담은 온라인 책 쓰기 특강을 준비 중이다. 나처럼 혼자서 책을 준비하는 분들에게 도움을 드리기 위해서다. 내가 쓴 다섯 권의 종이책 전부를 스스로 기획했다. 애초에 출판사 러브콜을 받아 편집자가 만든 틀(기획)에 맞게 글을 쓴 건 한 권도 없는 셈이다.

그동안 출판사에 일일이 투고하지 않아도 되는 작가들을 부러워했다. 좋은 글을 쓰는 일에만 몰두하면 되니까 얼마나 시간과 에너지가 절약되겠나. 드디어! 이 책 『말 안 하면 노는 줄 알아요』는 출판사의 러브콜을 받아 쓰고 있다. 미약하지만 다섯 권을 기획하면서 글뿐만이 아닌, 책을 보는 시야가 넓어졌으니 다행이다. 전·현직 편집자들이 들으면 콧방귀를 낄 일이지만, '기획'의 맛을 아주 조금은 알 듯하다. 쉬운 일은 아니지만 기획은 정말 재미있다.

가끔은 내가 글을 쓰는 사람인지, 출판사 편집자인지 분간이 어렵다. 메모 습관이 몸에 밴 탓도 있지만, 내가 기획하는 책 주제와 조금이라도 관련 있는 아이디어가 떠오르면 바로 기록한다. 잠결에도 아이디어가 떠오르면 벌떡 일어나 적는다. 시각과 청각을 건드리는 어느 것이든, 책과 연관 지으려 애쓴다. 글을 쓰기 위한 글감이 아닌, 책을 만들기 위한 기획의 시선으로 말이다.

컴퓨터 바탕화면의 '저자 이지니'라는 문서 안에는 새로 만든 다섯 개의 책 주제가 자신의 출간 순서를 기다리고 있다. 아직은 미완성이라 아이디어가 떠오를 때마다 보완 중이다.

훗날, 이 기획들이 모두 책으로 완성된 모습을 상상하면서 바보처럼 혼자 히죽거리기도 한다.

꾸준함이 대단한
이유

한 번의 성공은 운일지 몰라도

계속되면 실력이다.

한 번의 관심은 호감일지 몰라도

계속되면 진심이다.

한 번의 도전은 치기일지 몰라도

계속되면 용기이다.

한 번의 발걸음은 지워질 발자국을 남기지만

계속되면 길이 되고,

한 번의 비는 지나가는 소나기이지만

계속되면 계절이 된다.

한 번은 쉽고 계속은 어렵지만

삶을, 세상을 바꾸는 것은 계속되는 그 무엇-

그러니 멈추지 말고 나아가길-

가장 큰 힘은 계속되는 것 안에 있다.

- 김은주, 『1cm art 일센티 아트』

"메모하시나요? 무엇이 되든 좋으니, 꾸준히 메모하세요. 하루에 한두 줄도 좋습니다."

도서관이든 개인이든 글쓰기 수업을 진행할 때 수강생분들께 꼭 드리는 말이다. 글을 잘 쓰는 것도 중요하지만, 먼저 '쓰기'가 '습관'으로 자리를 잡아야 하니까 말이다.

며칠 전에 <거창한 육아 일기는 아니지만>이라는 제목

으로 블로그에 글을 올린 적이 있다. 글에도 적었지만, 매일 매시간 아이의 수유 및 소변이나 대변 시간 등을 적어야 하는 게 쉽지 않았다. 매일 1리터 이상의 물을 마시는 일만큼 귀찮은 일이다. 아이의 상황을 메모할 시간이 있다면 밤낮없는 육아로 못 잔 잠을 채우고 싶었다. 그럼에도 우리 부부는 딸아이의 첫 생일을 한 달 남긴 지금까진 적고 있다. 신기하게도 그렇게나 귀찮다고 여긴 일을 200일 넘게 하니 습관이 됐다. 즉, 귀찮다는 생각 자체가 안 든다. 이미 몸에 배었다는 증거다.

글쓰기도 마찬가지 아닐까? 꾸준히 쓰는 게 습관이 되지 않은 분들에게는 감히 '곤욕'이라는 말이 나올 만큼 힘든 시간일 수 있다. 물론 곤욕스럽다고 느낄 정도라면 쓰지 않는 게 낫다. 쓰는 행위 자체가 말 그대로 '즐거워야' 꾸준히 할 수 있으니까.

나는 글쓰기에 습관을 들이고 싶어서 2011년에 처음으로 메모를 시작했다. 스마트폰에 있는 메모 앱을 열어 두 줄을 적은 게 전부였다. 하루하루 한두 줄을 적다 보니 어느새 서너 줄을 넘어 열 줄 이상의 글을 적고 있었다. 그렇게 5년을 쓴 어느 날, 생애 첫 책을 출간했다. 처음 메모할 때만 해도 내가 작가가 될 거라고는 상상도 하지 않았다. 누군가 내게 책부터 써내라고 했으면 할 수 없었을 거다. 생각날 때마다 꾸준히 써서 모은 글이 있었기에 책 출간이 가능했다.

한 번은 쉽고 계속은 어렵지만
삶을, 세상을 바꾸는 것은 계속되는 그 무엇-

- 김은주, 『1cm art 일센티 아트』

위의 글에서 말하듯, 한 번은 쉽고 계속은 어렵다. '꾸준한 사람을 이길 수 없다'라는 말이 괜히 나온 게 아니다. 내 책 『무명작가지만 글쓰기로 먹고삽니다』에 언급했지만, 책을 쓴 사람들이 그렇지 않은 사람들보다 글을 잘 써서 출간했을까? 아니다. 책 한 권 낸 적이 없는 분들도 기막히게 글을 잘 쓴다. 글쓰기 수업을 진행할 때마다 놀란 적이 한두 번이 아니다. 차이가 있다면 바로, 꾸준함이다. 꾸준히 쓴 글을 모아 책으로 엮은 것뿐이다.

육아로 책 다섯 페이지 읽는 것조차 힘든 요즘이지만, 어떻게든 짬을 내서 읽고 쓰려고 한다. 어제보다 오늘 더 좋은 글을 쓰고 싶기 때문이다. 무엇보다 매일매일 쓴 내 글들이 모여 한 권의 책이 만들어짐을 너무나 잘 안다. 그러니 어찌 안 쓸 수 있을까.

여러분은 무엇을 '꾸준히' 하고 있나요? '가장 큰 힘은 계속되는 것 안에 있다'라는 김은주 작가님의 말처럼 별것 아닌 듯해 보이는 내 작은 일을 무던히 쌓을 때, 그렇게도 바라던 꿈이 눈앞에 뿅! 하고 나타날 거다. 램프의 요정 지니는 무엇이든 꾸준히 하는 사람에게 기회를 선물한다. 이 글을 쓰는 나도 또 한 번 다짐한다.

"재능이 없다고 서러워 말자. 뭐든 꾸준히 한다면 실력은 자동으로 따라올 테니까. 파이팅!"

책 읽기보다
인성을 먼저 쌓자

책은 마음의 양식이라고 한다. 이 양식을 채우러 도서관을 찾는 이들이 많다. 다양한 사람이 오가는 곳인 만큼 그들의 평소 책 읽는 방식도 천차만별일 테다.

지문이라도 배길까 봐 책장을 신줏단지처럼 고이 넘겨 읽는, 그래서 마지막 장에 도달했음에도 '새 책'처럼 말끔하게 두는 사람이 있다. 위와 같은 정도는 아니지만, 책장을 접거나 밑줄 긋는 행위 따위는 꿈에서도 나타날 리 없는 사람도 있다.

반대로 여러 번 읽은 탓에 빨간색에 파란색 밑줄을 덧댄 것도 모자라 자기 생각이나 아이디어를 빼곡히 적는 사람,

한 손에는 책을, 다른 한 손에는 커피나 간식거리를 곁들이는 사람, 멀쩡한 책갈피를 대신해 '읽은 데까지' 책장을 고이 접는 사람도 있다.

도서관에서 빌린 책을 대할 때 '기본적인 예의'는 지켰으면 좋겠다. 여러 사람이 읽는 책이란 걸 뻔히 알면서도 마치 내 책인 양 접거나 밑줄을 긋거나 심지어 낙서(공공 물건이니 '메모'가 아니고 '낙서'지요)하는 사람들, 도대체 그 이유가 뭘까? 자신의 책이라고 해도 같은 행위를 했을까?

"에이, 내 책이었으면 더 난도질했지!"
"도서관 책이니까 이 정도에서 그만한 거라고."

그런가? 내 책이 아니라는 이유로 막 다룬 건 아니고? 어떠한 변명을 늘어놔도 '나는 이기적인 사람입니다'를 만천하에 공개한 꼴이 됐다.

자신의 책에는 얼마든지 줄 긋고 메모해도 된다. 오히려 그리해야 몸과 마음에 스며드는 '진짜 독서'를 맛볼 수 있으니 말이다. 내가 소장한 책을 보면 (특히 자기계발서나 인문서) 난리다. 읽다가 머리를 한 대 맞은 듯한 글귀를 만나면 밑줄은 기본이고, 떠오른 생각이나 아이디어를 적는다. 에세이나 소설책도 필사하고 싶은 글귀엔 밑줄을 긋는다. 맨 앞장에는 이 책을 언제 어디에서 샀는지, 당시의 다짐과 사인까지 적는다. 중학생 때부터 기록하는 습관이 몸에 밴 탓이다.

내 책이면 뭔들 못하나. 하지만 도서관에 있는 책은 우리 모두의 것이다. 도서관에서 빌린 책을 읽을 때 나는, 앞서 말한 이기적인 행위는 고사하고 책 주변에 마실 것 혹은 먹을 것도 절대 두지 않는다. 행여 이물질이 닿을까 봐 걱정돼서다. 부디 '별것 아닌 일 갖고 웬 호들갑이야?'라고 생각하지 말고, '내 이기심으로 누군가는 불편하겠구나'라는 당연한 선의를 베풀기를 부탁드린다.

난 '소리'로도 상대의 인품을 본다. 소리를 조심하는 사람은 조심성이 있는 사람이고, 그만큼 상대를 생각하고 배려하는 사람이라 여겨서다. 공공시설을 이용할 때도, 공공 물건을 사용할 때도 마찬가지다. 도서관에서 빌린 책도 두 말할 이유가 없다. 누군가 접어놓은 책장이, 밑줄이, 낙서가 '난 배려라고는 모르는 사람입니다'라고 알리는 신호로 밖에 보이지 않는다.

마음의 양식을 쌓기 전에 우리의 양심을, 인성을 먼저 점검해 보자. 모두의 것을 소중히 여기는 우리가 되기를….

23살에 쓴
인생 첫 야외 촬영 대본

엊그제 남편이 딸아이랑 놀아주고 있을 때 나는 서재에서 책 정리를 하고 있었다. 2020년 7월에 지금 사는 이 집으로 이사 올 때만 해도 책장 맨 아래 한 칸은 빈 상태였는데, 어느새 새로운 책으로 채워진 건 물론, 겹겹이 쌓였다. '와, 역시 작가님 책장은 다르구나'라고 생각했다면 미안합니다. 옛 버릇 어디 가나. 내가 직접 읽으려고 구매한 것도 있지만, 반 이상은 그저 나 자신의 만족을 위한 관람용이다. 뭐, 그래도 언젠가는 읽을 생각이다. 후후.

책장 맨 위부터 아직 제대로 읽지도 않은 중국어 원서와 영어 원서가 있고, 두 번째 칸에는 종교 서적과 자기계발서가 있다. 세 번째 칸에는 글쓰기 책과 에세이가 즐비하고, 네 번째 칸에는 소설책과 역시나 자기계발서가 자릴 지키고 있다. (누가 자기 계발 중독자 아니랄까 봐) 한 칸을 더 내려가면 2005년 중국 하얼빈에서 어학 연수했을 때 본 교과서와 강남으로 출퇴근할 때 정철 어학원에서 새벽 6시 15분 수업을 들었던 때에 보던 책과 각종 영어, 중국어 사전이 있다. 맨 아래에는 여기저기에서 얻은 노트와 외국어 고등학교에서 사용하는 중국어 교과서(아니, 나도 궁금해요, 이걸 왜 샀는지!)가 자릴 차지 하고 있다.

이때! 노트 사이에 꽂힌 노란색 파일을 발견했다. 나는 이 안에 뭐가 들어 있는지 알고 있었다. 그건 바로! 대학 시절, 방송국 동아리에서 쓴 라디오 방송 대본과 방송 프로그램 대본이다. 중학교 때부터 10년 동안 한 번도 놓은 적이 없던 방송작가의 꿈. 감사하게도 나는 졸업 직후 개그맨 김태현 님과 권진영 님이 진행하는 Mnet(엠넷)의 한 개그 프로그램 막내 작가로 들어갔다.

방송작가가 되기 전부터 주야장천 들었던 말이, 막내 작가는 복사하기, 섭외하기 등 그야말로 잡일을 한다. 그래서 그런가 보다, 했는데 내게는 예외였다. 첫 일터인 그곳에서 대본을 썼기 때문이다. 막내 시절부터 대본을 썼으니 운이 좋았다고 해야 하나?

이미 누군가 써놓은 대본을 보면 이것보다 쉬운 게 없다. 사실, 무슨 일이든 그렇지 않을까? 노래 가사도 "이런 걸 가사라고 쓰냐, 난 이것보다 더 잘 쓰겠다!" 혹은 "이런 게 글이라면 난 진즉에 베스트셀러 작가가 됐겠지"라는 생각처럼 말이다. 그런데 막상 노랫말에 가사를 입히는 일, 아무것도 없는 백지상태에서 누구나 읽기 쉬운 글을 쓰는 건 생각보다 어렵다.

이외에도 무에서 유를 창조하는 모든 일은 그러하리라 생각된다. 그림도 마찬가지고. 방송 대본도 어찌 보면 누군가와 대화하는 것처럼 '말하는 대로' 쓰면 될지 몰라도, 그게 또 말처럼 쉬운 게 아니다. MC나 패널들 각자의 성향이나 캐릭터에 맞게 쓰는 것은 물론, 너무 썰렁하거나 (의도한 거라면 상관없지만) 분위기에 어울리지 않으면 곤란하기 때문에 잠든 뇌를 풀 가동해야 한다.

방청객 신분이 아닌, 방송작가로서 일터에서 처음 만난 연예인은 개그맨 김태현 님과 권진영 님이다. 대본 맨 위에 담당 PD, 담당 작가 그리고 진행자 두 명의 연락처가 적힌 걸 봤을 때 너무나 신기했다. '내가 연예인의 연락처를 안다니, 알아도 되다니!' 뭐 이런 느낌이었으니까. 다 쓴 대본을 두 진행자 이메일로 발송하는 것조차 '신기방기 동방신기'였다.

　2005년 당시에 내가 써야 할 대본 스타일은 머리가 터질 만큼 어려운 임무가 아니었다. 문제가 있다면, 그건 '야외 촬영'이었다. 대본부터 장소 섭외, 사람 섭외를 포함한 모든 일정 조율 등을 직접 다 했다. 아, 지금 하라고 하면 두 손 두 발 들고 하지 않겠다고 외칠 것 같다. (생각만으로도 식은땀이 송골송골 맺힐 듯한 기분이다)

　실제 녹화할 때 진행자나 패널들이 손에 들고 있는 대본 카드 즉, '큐카드'는 아쉽게 남겨두지 못했지만, 그 시절의 대본을 십수 년이 지나고 다시 보니 내 어린 날의 꿈과 고생이 머릿속을 헤엄친다.

개그맨 김태현 님, 권진영 님! 두 분의 기억 속엔 제가 없을 듯하지만, 제 기억은 또렷해 가끔 두 분과의 추억(?)을 꺼낸답니다. 이제는 막내 작가가 아닌 저자로 활동 중인데, 언제 또 인연이 닿는다면, 북콘서트 MC를 맡아주시면 안 될까요? 헤헤~

올림픽 여자 배구팀을 보며
느낀 것

2021년 도쿄 올림픽을 보셨는지? 그중 일본과의 경기를! 와…. 정말 할 말을 잃게 했다. 우리 선수들이 너무나 멋졌다. '멋지다'라는 말로도 부족한 멋짐이다. 내가 원래 이렇게 배구 경기를 좋아했었나, 싶을 정도로 빠져서 봤다. 아, 정말 기회가 된다면 (코로나가 사라지면) 직접 가서 보고 싶다. 남편이 채널을 돌리다 중계방송을 찾아낸 덕에 감격의 순간을 라이브로 즐길 수 있었다.

배구 경기 방식을 몰라서 마지막 5세트도 25점 내기인 줄 알았다. 마지막 5세트는 16점을 채우면 끝난다. 그래서 14:15로 우리 팀이 1점을 앞섰을 때도 내 심장은 그다지 미치지 않았다. '모르는 게 약'이고 '무식하면 용감하다'더니.

소파 의자에 깊숙이 앉아 기대서 보다가, 우리 팀이 1점을 더 따내며 16점을 채웠을 때! 해설자는 물론 화면 속 선수들의 환호와 눈물을 보고서야 현실을 파악했다.

한일전은 '가위바위보'도 이겨야 한다는데, 하물며 올림픽에서 승리를 거두다니! 그것도 일본 땅에서! 우리 선수들, 장합니다! 멋져요! 예뻐요! 나보다 나이 어린 선수들이지만, 언니라고 부르고 싶을 만큼 최고다!

라바리니 감독님은 어쩜 그리 귀여우신지. 어제 처음 감독님을 봤는데, 그 누구냐…. 영화 <비긴 어게인>의 남자 주인공 '마크 러팔로'가 떠올랐다. 내가 좋아하는 영화의 주인공을 묘하게 닮아서인지 더욱 친근한 라바리니 감독님! 우리 팀이 이기자마자 마치 스카이콩콩을 탄 아이처럼 팔딱 뛰며 기뻐하시더라. 우리나라가 경기에서 질 수도 있겠다는 무거운 마음으로 시청한 사람도 많았을 텐데, '포기'라는 글자는 관중인 우리만 떠올렸지, 선수들은 마음 어디에도 담아두지 않았던 게다. 아마도 무조건 이기고 싶다는 '간절함'만을 마음에 품었으리라.

간절한 마음은 비단 운동 경기에만 있지 않다. 나도 이 간절함을 찾고 싶은 요즘이다. 작가로서의 간절함이 있다면 오늘 좀 피곤해도, 딱히 쓸 이야깃거리가 없다고 해도 매일 글을 쓰는 게 당연할 테다. 간절하고 절실한 마음이 내게 왔다는 건, 행운이다. 이해타산을 따지지 않고 목표만을 보고 나아가는 것! 그만큼 자신이 가고자 하는 '길' 앞에 뵈는 게 없다는 뜻이기도 하니까 말이다. 무엇보다 간절함의 끝에서, 어쩌면 눈으로 보이는 것 이상, 과학으로 설명할 수 없는 어떤 지경으로 인도되는 것이 아닐까?

5년 전, 번듯한 직장도, 모아 놓은 돈도, 미래를 약속한 반쪽도, 어느 것 하나 없던 나. 가진 거라곤 '꿈을 향한 단 하나의 간절함'뿐이었다. 대한민국 국가대표 배구팀의 경기를 보며, 잃을 것이 전혀 없던 현실 앞에 오직 작가가 되고자 하는 간절함이 충만했던 그 시절을 돌아보게 된다.

절대 허송세월 하지 마라.

책을 읽든지, 쓰든지, 기도를 하든지,

명상을 하든지, 또는 공익을 위해 노력하든지,

항상 뭔가를 해라.

- 토마스 아 켐피스 -

Part 4

방구석에서 꾸는 꿈

전자책 3권이 있었기에
지금의 내가 가능했지요

　종이책을 출간하기 전에 3권의 전자책을 썼다. 중국어 명언, 대만 영화에 관해 쓴 책으로 모두 중국어와 연관이 있다. 출판사에서 매년 인세 정산을 해주는데 올 상반기도 역시나 통장에 들어온 금액을 보고 두 눈을 의심했다. 판매 부수가 생각보다 많았기 때문이다. 출간된 지 5년이 훌쩍 지났음에도 여전히 많은 분의 사랑을 받고 있다는 방증이기도 하니 입꼬리가 얌전할 리 만무했다.

　나는 인세를 바라고 책 쓰는 길로 들어선 게 아니라서, 이렇게 인세 내용을 볼 때마다 신기하다. 내가 남들보다 덜 놀고, 덜 자며 수고해서 만든 작품(책)이니 노동의 대가(인세)를 받는 게 당연한데도, 아무 기념일도 아닌 날에 받는 깜짝 선물처럼 기분이 좋다.

생각할수록 3권의 전자책에 고맙다. (2015년 겨울, 당시 내게 전자책 출간을 제안하신 H 스승님께 다시 한번 감사의 인사를 전합니다) 전자책을 작업하면서, 더 긴 호흡을 지닌 '종이책'에 도전하고 싶은 마음을 얻었기 때문이다. 잘은 몰라도 처음부터 종이책을 준비하라고 했다면, 포기까지는 아닐지라도 중도에 여러 번 주저앉았을 나다. 게다가 전자책은 종이책보다 작업 기간이 짧아, 단시간에 성취감을 맛볼 수 있었다.

혹시, 이 글을 읽는 분 중에 종이책 도전이 부담스럽다면 전자책부터 시작하길 바란다. 내 책 『무명작가지만 글쓰기로 먹고삽니다』에 전자책에 관한 정보가 실려 있으니 참고하면 좋을 듯하다. 전자책을 준비하는 과정에서 '아, 다음에는 종이책 쓰기에 도전하고 싶다!' 혹은 '음, 책 쓰기가 그리 즐겁지 않은데…? 아직 책을 쓸 때가 아닌가, 아니면 내 열정이 부족한가….' 등의 마음일 수 있다. 그래도 실행을 안 하는 것보다 일단 해보는 게 좋지 않을까?

자기 적성에 맞아서 앞으로도 꾸준히 할 수 있는 일인지는 직접 움직여 보지 않고서는 알 수 없을 테니 말이다.

이제는 절판된
나의 첫 종이책을 보며

　이제는 절판된 나의 첫 종이책, 『꽃히는 글쓰기의 잔기술』은 1쇄로 3천 부를 찍었는데 거의 소진되었다. 기적이라고 생각한다. 책날개에 있는 앳된 모습의 나와 구구절절한 저자 소개 '오늘도 그녀는 현실을 즐기며 다가올 꿈과 만나고 있다'를 보니 그때나 지금이나 '오늘'에 집중했구나 싶다. '시간은 어떻게든 흐른다'라는 말을 참 많이 들었다. 육아로 잠 못 드는 날이 허다할지라도 결국 '육아 전쟁이 끝나는 날'이 올 것이다. 그렇다면 '나의 일'에서는?

　첫 종이책이 출간됐을 때, '이제 책이 나왔으니 시간이 지나면 좋은 일이 알아서 오겠지?'라는 생각에 차기작을 준비하지 않았다면, 나의 오늘은 결단코 오지 않았을 거다. 또 '시작이 반'이라고 첫 종이책을 준비할 때만 해도 언제 3권, 5권 이상을 쓴 작가가 되나, 했더니…. 전자책 3권을 포함해 벌써 9번째(지금 이 책) 원고를 쓰고 있다. 이전은 그렇다고 해도 책 쓰기를 만난 2016년 가을 이후로는 시간을 허투루 보내지 않았다고 말해도 괜찮겠지? 세상에 잘난 사람이 얼마나 많나. 그중 '글'이라는 도구로 책도 출간하고 강의나 강연 등의 생각하지 못한 기회를 얻어 더없이 감사한 나날을 보내는 중이다.

아, 포기하지 않으면 되는구나!
'해냄'의 비밀은 역시 꾸준함이구나.
해내야 하는 일은 무리하게 큰 목표가 아닌,
오늘 해야 할 '작은 일'이구나.

그리고 무엇보다
힘들고 지칠 때 잠시 멈춰 쉬더라도
뒤돌아 달아나지만 않으면 되는구나!

감사하다, 이 모든 게.

3년 전에 쓴 메모가
나를 유혹하네

　　현재 사용하고 있는 스마트폰의 브랜드는 삼성 '갤럭시 노트10플러스'이고, 이전에는 '아이폰7플러스'였다. 아이폰이 내 손을 떠났다고 해서 서랍장 구석 어딘가에 둔 건 아니다. 개인 글쓰기 수업을 신청한 분들과 필요에 따른 문자 메시지 소통을 위해 다른 번호를 개통해서 사용 중이다. (쉽게 말해 '비즈니스 폰'인 셈이다) 개인 사정으로 당분간 진행하는 수업이 없어 잠잠하지만 계속해서 밥(충전)은 주고 있다. 이 스마트폰으로 가끔 사진첩이나 메모장을 들여다본다.

　　메모할 때는 네이버 메모 앱을 사용해서 스마트폰이 바뀔 때마다 앱만 내려받으면 되니 상관없는데, 해당 스마트폰 자체에 있는 메모장에 적어둔 것도 많다. 아이폰에 있는 메모장에 적어둔 메모 개수를 보니 300여 개가 넘는다. 와! 메모광 10년 차의 결과물이라 생각하니 괜스레 뿌듯하다. 며칠 전, 300여 개의 메모를 빠르게 훑어보다가 한 제목에 멈칫했다.

'중국어 에세이 목차'

아, 그렇지. 중국어에 죽고 못 살던 때가 내게도 있었다. 고등학교 때 제2외국어로 처음 만난 중국어. 그 후로 영영 이별할 줄 알았는데, 2005년 가을에 중국행을 택해 제대로 중국어와 사랑에 빠졌다. 그 사랑은 10년이나 지속했다. 10년이면 강산도 변한다는데 나와 중국어 둘만의 에피소드는 얼마나 많으랴. 이대로 흘리기엔 아쉬웠던 찰나, 우리의 이야기를 풀어내고 싶었다. 즉, 중국어에 관한 에세이를 기획했다. 생각은 이내 행동이 되어 메모장에 소주제를 적고, 제목과 부제를 떠올렸으며, 훗날 투고할 출판사 목록까지 수집했다. 다시 생각해도 메모할 당시의 열정이 떠오르고 실행력도 훌륭했다. (후훗)

그·러·나. 10년 넘게 중국어와 동고동락하던 내가 '작가'의 길을 걷게 되면서 스르륵 손을 놓았다. 중국어와 관련된 일을 하지 않게 되면서, 자연스레 회화에서도 멀어진 듯하다. (회화는 보름 전부터 다시 시작하고 있다) 그래도 중국어 라디오만큼은 15년이 지난 지금까지 거의 매일 듣고 있다. 생각해 보면 중국어와 연관된 일을 계속해서 하지 않는다고 해서 굳이 중국어까지 손을 놓지 않아도 되는데 내가 왜 그랬을까 싶기도 하다.

요즘이 어떤 시대인데 한 가지 일에만 몰두하나. 물론 어느 선까지는 한 우물을 파는 게 맞지만, 내가 중국어를 가르치겠다는 것도 아니고, 번역가가 되겠다는 것도 아닌, 그저 중국어를 잊지 않기 위해 놀이(나는 중국어를 공부라고 생각하지 않는다)를 계속 이어가면서 내 본업인 글을 쓰겠다는데….

그리하여, 중국어 에세이 준비에 시동을 걸까 한다. 언제쯤 책이 되어 두 손에 받아볼 수 있을지는 몰라도 '시작이 반'이라니 움직이련다. 정확히 3년 2개월 전에 적은 메모가 나를 유혹했으니 그 유혹에 넘어가 주련다. 10년 넘게 중국어와 쌓은 사랑이 더 바래지기 전에, 더 희미해지기 전에 책으로 남기고 싶다. 중국어와 연애하며 터득한 학습법, 중국 문화, 중국 (직장) 생활 이야기에 내 색을 입혀 생생하고, 재미있고, 유익하게 만들어 보고 싶다. 아, 생각만 해도 즐겁다.

3년 전에 이 메모를 쓴 지니야, 고맙다. 잠자던 작은 꿈을 다시 깨워줘서.

김미경 강사님의 댓글 하나로
기운이 뿜뿜!

우리나라 대표 강사 중 한 명인 김미경 강사님을 처음 알게 된 건, 2009년 MBC 프로그램 <파랑새>에 출연한 모습을 보고서다. 유머러스한 말투나 행동으로 이모 같은 편안함을 안겨 주니 좋았다. 딱 거기까지였다. "정말 멋진 여성이네!" 정도의 가벼운 감탄만 나올 뿐, 청중에게 쏟아내는 그녀의 응원과 격려가 당시의 나에게는 크게 와닿진 않았다. 지금 생각하면 강연의 온도 문제가 아니라, 당시 꿈에 대한 나의 열정이 끓기 전이었고, 들을 귀가 작았으며 그녀의 말을 온전히 다 흡수하지 못했기 때문이다.

시간이 흘러 2016년, 본격적으로 글 쓰는 삶에 발을 내디디면서 그녀의 강의와 책을 다시 만났다. 감사하게도

'책 쓰는 일'이라는 길을 만나면서 꿈의 열정도 좀 뜨거워 졌는지, 그녀가 던지는 한마디 한마디가 이전과 다르게 들렸다. 한없이 베푸는 그녀의 동기부여로 나는 닥치는 대로 책을 읽고 글을 썼다. 식탁에서 밥을 먹을 때에도 그녀와 함께했고, 지하철이나 버스 안도 예외는 아니었다. 그리고 다짐했다.

"반드시 김미경 강사님을 만나리라!"

2019년 12월, 내가 사는 동네 어느 강연장에 김미경 강사님이 온다는 광고를 봤다. '아, 드디어 기회가 왔구나!'라는 기쁨과 함께 즉시! 강연 참여를 신청했다. 그날이 올 때까지의 내 기분은 마치 신부대기실에서 예식을 기다리는 신부처럼 긴장되고 설레었다.

그런데, 잠깐! 얼마나 바라고 원하던 날인데 가만히 있을 수 있나. 지금껏 그녀의 강연과 책을 허투루 보지 않았다는 걸 증명하고 싶었다. 그녀의 말처럼 포기하지 않고 최선을 다해 살았음을 보이고 싶었다. 고로 나는, 내가 쓴 책

중 3권과 한 자 한 자 정성을 담아 적은 예쁜 카드를 준비
했다.

"안녕하세요. 제가 김미경 강사님께 드릴 선물을 준비했
는데, 대신 전해 주시면 안 될까요?"
"네, 꼭 전해드릴게요!"

하늘색 작은 종이 가방 안에 들어 있는 3권의 책을 강연
진행을 돕는 직원에게 건넸다. 강사님께 직접 드리지 못해
아쉬웠지만, 그래도 강사님 두 손에 내 책과 편지가 쥐어
질 생각을 하니 마냥 기뻤다. 이후로도 나는 그녀의 책은
물론 유튜브 채널과 인스타그램 등을 보며 동기부여를 받
고 있다. 알 만한 사람은 알겠지만, 그녀는 '실행력'의 끝판
왕이다. 한 해 한 해 지날수록 느려지기는커녕, 누군가는
'해볼까, 말까'하는 시간에 이미 시작해 저만치 가고 있다.

결과를 알 수 없는 도전 앞에 두려움이 들이대도, 이내
움직이는 그녀이기에 많은 이가 존경하고 닮길 원한다. 그
러던 중, 오늘 낮에 그녀의 인스타그램에 새 글이 올라왔

다. '위기가 곧 기회다'와 연관된 짧은 글인데, 다른 때와는 달리 유독 내 이야기 같아서 댓글을 남겼다.

위기가 곧 기회다라는 말을 2020년, 그것도 코로나19로 몸소 실감했습니다. 도서관 온라인 강의가 봇물 터지듯 들어왔고, 출판사와 계약까지 하게 됐지요. 강사님이 쓰신 책과 강연을 십수 년 반복하며 두려움보다 한 발 나아가기를 택한 결과입니다. 늘 감사합니다.

댓글을 남긴 지 10분쯤 지났을까? 그녀가 짧은 글을 남겼다.

축하해요! 노력의 결과! 정말 고생 많았어요.

노력의 결과…. 그동안 정말 고생 많았다는 그 한마디에 눈물이 핑 돌았다. 포기하고 싶을 때마다, 주저앉고 싶을 때마다 좋은 날을 떠올리며 걸어온 수많은 시간… 마치 나를 옆에서 지켜본 사람처럼, 다 아는 것처럼 건넨 격려와 칭찬이었다.

이렇다 할 성공을 거둔 건 아니지만, 한 해 한 해 성장하고 있다고 믿는다. 타인과 비교하면 끝도 없고, 기분만 처지니 이전의 나하고만 비교한다.

외국어 회화 실력 향상이 눈에 보이지 않듯, 인간의 성장도 이와 같다고 여긴다. 본인은 잘 모르지만, 이전의 내 상황이나 모습을 잘 아는 사람이라면 단번에 알아차린다. 아까 낮에 친구 Y 양에게서 "지니야, 너는 잘 모르겠지만, 과거 네 글과 요즘에 쓴 네 글을 비교하면 180도 달라. 많이 성장했어!"라는 말을 들었던 것처럼. 경쟁심을 불러일으키는 '최고야!'라는 말 대신, 과거의 '나'와 비교한 그녀에게 고맙다.

여하튼, 김미경 강사님과 인스타그램 친구인데(이전에 작은 이벤트 당첨으로 강사님이 나를 '맞팔로우' 해 주셨다) 내 피드로 와서 '좋아요'도 눌러주셨다. 가뜩이나 메모하는 습관이 있는 내가 가만히 있을 리 없다. 바로 스마트폰을 들고 메모 앱을 열었다. 그 순간의 감정을 오래 기억하고 싶어서다. 혹자는 댓글 하나 남긴 것뿐인데 왜 이리 호들갑을 떨며 기뻐할까 싶을 것이다. 음, 그래서 나도 내가 왜 그랬나 생각했다. 강사님에게는 별것 아닌 행동이었고, 내일이면(너무 이른가?) 잊힐 아주 작은 일일 텐데 말이다. 바로 그거였다.

그녀는 누구나 잘 아는 사람, 즉 영향력이 큰 사람이다. 그녀의 작은 행동에도 울고 웃는 이유는 '영향력' 때문이었다. 영향력이라는 귀한 도구가 안 좋은 쪽으로 흐르면 문제가 되지만, 선한 향기로 흐른다면 긍정의 결과는 엄청나다. 영향력을 일으키는 당사자들에게는 별것 아닐 수 있는 작은 행동이 누군가에게는 다시 일어설 수 있는 큰 힘이 되기도 한다.

나도 그런 사람이 되고 싶다. 아니지, 크기의 차이일 뿐 우리에겐 이미 영향력이 있다. SNS에 매일 글을 쓰거나, 그림을 그리거나, 사진을 찍거나, 일상을 나누거나 하는데 이런 모든 행위가 누군가에게 영향을 주고 있으니 말이다. 그래서인지 메일이나 댓글을 받으면 상대에게 도움이 될진 모르지만 되도록 정성을 담아 답장이나 답글을 쓴다.

파이팅도 잊지 않는다. 훗날 정말로 바빠진다면 글자 수야 줄어들 수 있겠지만, 내 작은 행동이 누군가의 성장에 영향을 끼친다고 생각하면 결코 그냥 지나칠 수 없다. 이번에 내가 경험을 해봐서 더 잘 알게 되었다.

김미경 강사님을 또다시 만나길 소망한다. 다음번에는 객석에 앉은 수많은 사람 중 하나가 아닌, (이지니) 작가로서 1대1이든 소수 모임으로 말이다. 현실이 되려면 더 열심히 읽고 생각하고 써야겠지. 무엇보다 지금 이 자리에서 선한 행동을 심어야겠지. 그날이 언제가 될지는 모르지만, 하루하루 최선을 다해 내 길을 걷는다면, 얼굴을 맞대고 이야기 나눌 날이 올 거라 믿는다.

14년 차 가수 아이유가 말하는 '인기'

갑자기 인기가 많아졌을 때, 너무 좋았던 것보다 무서웠던 때가 있었어요. 혼란스러웠던 게 제가 불과 한두 달 전에 똑같은 프로그램에 출연했어요. 그때 저는 분명히 구석에 있었고, 카메라가 저한테까지 잘 안 와서 말도 제대로 못 했었죠. 그런데 약 두 달 만에 갑자기 제가 스튜디오 중앙에 서 있고, 많은 양의 질문을 받게 된 거예요. 사실 나는 두 달 동안 달라진 게 아무것도 없는데, 인기를 얻었다고 해서 내가 이전보다 어떤 다른 행동을 해야 할지 혼란스러웠어요.

그런데 애초에 내가 만든 게 아니고, 운과 타이밍이 나를 도왔기 때문에 인기를 얻게 된 거잖아요. 내가 달라져서 얻어낸 게 아니라는 생각을 했어요. '지금의 인기가 처음부터 내가 갖고 있던 게 아닌 '덤'이기 때문에 어느 날 나를 떠나간다고 해도

그렇게 무섭지 않게 되고, 손해가 아니다.'라고 생각하면 크게
힘들지 않을 것 같아요.

- JTBC 〈유명가수전 시즌1〉, 2회 중

14년 차 가수 아이유의 말

얼마 전에 신간 『무명작가지만 글쓰기로 먹고삽니다』가
나와서인지, 본래도 무명이나 유명에 관한 이야기에 관심
이 많았는데, 요즘은 더욱 귀를 쫑긋 세운다. 솔직히 말하
면 나는 '유~명한' 작가가 되고 싶은 마음은 없다. (정말로?
가슴에 손을 얹고 정말로?) 가수 아이유의 말처럼 유명한
작가는 감히 내가 넘볼 자리가 아닌 듯해서다.

이어 가수 규현의 "더 유명해지고 싶은가요?"라는 질문
에 가수 이무진은 이렇게 답했다. "저는 지금보다 아주 조
금만 더 오르고, 그 상태에서 오래가고 싶어요. 너무 인기
가 많으면 부담스럽고, 중간에서 살짝 아래요. 사람들이
"걔 노래 들어는 봤어"라고 하는 정도의 상태로 롱런하고

싶어요."

이런, 이게 바로 내 마음이구나. "그 사람 책 제목 들어는 봤어"라고 하는 정도의 작가로 롱런하고 싶다. (이 정도면 굉장히 인기 있는 작가인가? 긁적긁적)

베트남 하노이 한인 도서관에 부는
이지니 책 바람

2012년, 나는 한 중국어 교육 회사에 다녔다. 그때 만난 동료 중 세 명과는 지금까지도 연락하며 지내고 있다. 또 그중 한 명인 K 양과는 좀 더 끈끈한 사이인데 내가 2014년, 2015년, 2016년 짧으면 1주일, 길면 3달 정도 중국에 가 있을 때마다 하루 이틀은 늘 나와 함께했다. 이게 정말 신기하고 희한한데, 내가 중국에 가 있는 동안 그녀의 출장 날짜가 항상 겹쳤다는 사실! 꿈을 찾기 위해 발악하던 시절이라 몸도 마음도 힘들었는데, 때마다 나와 일정이 겹치는 신기한 타이밍으로 맛있는 것도 사주고 긍정의 말을 건네며 에너지 충전을 도와준 고마운 벗이다.

그러던 어느 날 그녀가 직장을 그만두고 베트남에 간다

고 하는 게 아닌가? 한 번도 생각한 적이 없는 나라여서 (이 친구가 베트남어를 배운 적도 없고, 베트남은 우리의 대화 중 단 한 번도 언급되지 않았기에) 내 두 눈이 커질 수밖에 없었다. 그런데 벌써 베트남 하노이에 간 지 3년이나 됐다. 베트남어 실력은 이미 중급을 넘었고 (고급일지도!) 직장까지 얻어 더욱 열심히 살고 있다. 그녀를 볼 때마다 참 대단하고 기특하다.

내가 책을 쓰는 저자의 길을 걷게 된 후부터 그녀는 물심양면으로 응원을 아끼지 않았다. 내 책 『무명작가지만 글쓰기로 먹고삽니다』가 출간되자 역시나 그냥 넘어가지 않았다. 그녀 생일이라서 축하 선물과 메시지를 보냈더니 이 책을 베트남 한인 도서관에 희망도서로 신청했다는 회신을 보내왔다. 베트남에 살면서 한인 도서관에 희망도서 신청까지 해주다니. 아, 정말 이런 친구가 어디에 또 있을까! 감동을 안 하려야 안 할 수가 없다.

한 달 반 후, 그녀에게서 연락이 왔다. 신청한 내 책이 한인 도서관에 잘 도착했는지 궁금해서 찾아봤더니, 이미 도서관에 입고되어 대출 중이란다. 해외라면 더욱 내 책을 알 리 없다고 여겼는데 누군가가 대출해서 읽고 있다니. 이루고 싶은 꿈 중 하나가 바로 해외 판권 계약이 성사되어 다른 나라 언어로 번역 출간되는 것이다. 베트남어가 되든, 중국어가 되든, 일본어가 되든, 태국어가 되든, 영어가 되든 말이다. 비록 이번 일은 판권 수출은 아니지만 해외에서 내 책이 읽힌다니 기쁘고 감사하고 놀라웠다.

사실, 에세이 『아무도 널 탓하지 않아』를 국내에 있는 한 도서 에이전시에서 대만에 있는 출판사에 소개하고 싶다고 한 적이 있다. 해외 출판을 위해 이 책을 검토하고 싶다면서. 그래서 요청한 자료도 보냈지만 아쉽게도 계약까지 연결되진 못했다. 비록 현실로 이뤄지진 않았지만, 언젠가는 반드시 모국어가 아닌, 다른 언어로 적힌 내 책을 만날 날이 올 거라 믿는다. 내 책으로 선한 기운을 얻었다고, 책에 적힌 내용 중 하나라도 실행하겠다고, 다시 일어서겠다고 말하는 외국 독자님들의 메시지를 받는 날을 상상하며!

끝없는 퇴고에
마침표를 찍으며

원고, 너를 보내며

블로그에 차곡차곡 쌓인 글로 책을 기획했다. 미리 써둔 글이 많아 초고는 오래 걸리지 않았다. 역시 미리미리 메모하길 잘했다. 첫 종이책은 목차를 먼저 만들고 글을 썼기 때문에 하루 10시간, 꼬박 한 달 동안 초고에 매달렸지만, 이제는 그렇게 안 한다. 벼락치기와도 같은 글쓰기로 몸이 남아나질 않아서다. 이삼일에 한 편씩 쓰는 '소소한 노동'이 좋다. 켜켜이 쌓인 글의 주제가 같으면 (크게 '글쓰기'라든지, '육아'라든지) 책 작업이 훨씬 수월하다. 이러니 꾸준히 글을 써서 모을 수 있는 공간인 블로그를 사랑하지 않을 수 있나.

지난달은 퇴고(고쳐쓰기)에 집중했다. 글쓰기 수업도 하지 않았다. 본래 퇴고란 '쉼'이 중요하다고 한다. 정확히 말하면, 초고가 끝나면 퇴고하기까지 짧게는 일주일, 길면 한 달 이상의 시간 동안 원고를 들추지 말라고 한다. 수많은 작가의 말처럼 나도 이전에 책 작업을 할 때는 최소 한 달 이상의 쉼을 가지고 퇴고했다.

그런데 이번에는 희한하게 그게 잘 안됐다. 쉼을 가지긴 했지만 길어야 이틀이었다. 컴퓨터 화면을 닫아도 될 것을, 매일 아침부터 늦은 밤까지 모니터 앞에 앉아 읽고 고치기를 반복했다. 심지어 침대에 누워 스마트폰 안에 있는 원고 파일을 열고 잠이 찾아올 때까지 퇴고했다. 원고를 볼 때마다 고칠 데가 드러나니 퇴고 전 휴식은 사치라 여겼다.

드·디·어! 그저께 밤에 원고를 손에서 났다. 편집자님께 원고를 전달해야 하는 날이 됐기 때문이다. 발송 버튼을 누르기 전에 한 번 더 검토하고 메일을 보냈다. 시원섭섭한 이 기분, 오랜만이다. 지금껏 책을 쓰면서 원고를 이보다 긴 시간 데리고 있던 적은 처음이다. 그래서인지 발송 버튼을 누르고 나서도 한동안 자리를 떠나기 어려웠다. 소설가 '어니스트 훼밍웨이'는 『노인과 바다』를 200번 고쳐 썼다는데, 고작(?) 50번도 보지 못한 내 원고에 미련이 남아서인가.

그럼에도 책을 쓰는 이유

책 한 권 쓰지 않은 사람은 있어도, 한 권만 쓴 사람은 없다는 말을 종종 듣는다. 격하게 동의하는 바다. 물론 200여 페이지가 넘는 글을 쓰기란 쉽지 않다. 마냥 웃으면서 글을 쓸 수는 없지만 나를 알아가는 시간이니 포기할 수도 없다. 살면서 무언가 놓치고 있지 않은지 나 자신에게 계속 물어야 한다. 때로는 반성과 고백을, 때로는 칭찬과 다짐을 글에 녹인다. 전작을 준비했을 때는 '작가 이지니의 세계'를 만날 수 있었다. 지난 5년 동안 이 길을 잘 걸어왔는지, 앞으로 어떤 마음으로 글을 써야 하는지를 자신에게 물었다.

치사하고 분하게만 여긴 사건들마저 글로 뱉으니 생각보다 뭐, 아주 억울하지만은 않다. 글을 써서 지난 내 상처를 치유한다는 거창한 말은 거두고, 그저 유순하게 넘길 수 있음에 신기하고 감사하다. 무엇보다 독자들에게 선한 자극을 전하고 싶었다. 누군가 과거의 나처럼 걱정과 근심을 마음에 꽉 쥐고 있다면, 내 글로 조금이나마 평안의 물결이 흐르도록 돕고 싶다.

영화나 드라마 속 배우들을 부러워했다. 자신이 출연한 작품, 앞으로 출연하게 될 작품에서 자신의 모습을 정확하게 볼 수 있어서다. 외적인 변화는 물론, 성장한 연기력까지 말이다. 생각하니 글을 쓰는 작가도 이와 비슷하다. 데뷔작부터 최근 집필한 원고로 글의 성장뿐 아니라, 변화된 가치관까지 엿볼 수 있다. '개구리 올챙이 적 생각 못 한다'라는 속담에 걸맞게, 이전에 쓴 글을 읽으면 손발이 몇 번이나 오글거리지만, 이 또한 성장의 증거라고 생각하니 기쁘다. 말인즉슨 50번 넘게 퇴고했다는 이번(『무명작가지만 글쓰기로 먹고삽니다』) 원고도 나중에 읽었을 때 사무치게 부끄러운 날이 올지도 모른다.

독일의 소설가 토마스 만은 '작가는 다른 사람들보다 글쓰기를 어려워하는 사람이다'라고 말했다. 이 말에 공감할 줄은 몰랐다. 해를 거듭할수록 글쓰기가 어렵다. 이전과 같은 길이의 글인데, 글을 쓰는 시간은 오히려 늘어만 간다. 다 쓴 글을 읽을 때마다 어딘가 부족해 보여서 쓰고 지우기를 반복한다. 하지만 괜찮다. 현재 내가 할 수 있는 최선이니 더는 미련을 두지 않기로 했다.

글을 잘 쓰는 데는 재능과 작문 기술이 요구됩니다. 하지만, 그보다 더 중요한 것은 '시간'입니다. 충분히 시간을 들일 수 있다면 누구나 지금보다 훨씬 더 높은 수준의 생각과 철학을 문장들 속에 풀어놓을 수 있습니다. 시간이야말로 가장 창조적인 편집자입니다.

- 수잔 케인 (작가)

산부인과 원장님의
응원

2020년 4월, 임신 테스트기로 두 줄을 확인한 후 딸아이가 태어난 12월 15일까지 나는 송도에 있는 한 여성의원에서 진료를 받았다. JTBC의 예능 프로그램 <1호가 될 순 없어>로 방송을 타고 이후 더욱 유명해지신 최원의 원장님께 말이다. (개그우먼 정경미 님도 최 원장님께 진료받고 귀여운 둘째를 출산했다)

진료를 받을 때마다 "요즘 몸은 어때요?" "아가가 엄마 배 속에서 잘 놀고 있네요" "이제 출산이 임박하니 걷기 운동 많이 하셔야 해요" 등의 말을 건네주셨다. 어쩌면 산부인과 의사로서 임산부에게 응당 해야 하는 말이지만, 듣는 사람은 안다. 툭 던지는 뻔한 말인지, 마음에서 우러난

말인지를. 임신 중 혹은 출산 이후에 궁금해할 사항을 묻기도 전에 차근차근 설명해 주시기도 했다.

'의사'라고 하면 무뚝뚝한, 거만한, 차가운 말투 등이 먼저 떠오른다. (이 단어가 떠오르지 않을 만큼 친절한 분도 여럿 계시지만) 최 원장님은 내가 가진 고정관념을 무참히, 보란 듯이 깼다. 그래서일까? 임신 초기에 유산한 적이 있는 데다 노산인지라 진료부터 출산까지 더욱 신경 써주신 원장님께 작지만 감사의 마음을 전하고 싶었다. 그리하여 내가 쓴 책을 선물로 드리기로 했다. (특별한 의도가 있는 것은 아닙니다만, 하하)

2021년 4월 중순, 다섯 번째 종이책 『무명작가지만 글쓰기로 먹고삽니다』를 출간하면서 원장님을 찾아뵙기로 했다. 진료 날은 아직 멀었지만 책장에 꽂힌 네 번째 책 『힘든 일이 있었지만 힘든 일만 있었던 건 아니다』도 일찌감치 집어 들었다. 두 권에 사인하고 두 달을 기다렸다. 드디어 대망의 날! 여성의원을 방문했다. 물론 책 때문만은 아니고 다른 진료를 받으러 가는 김에 겸사겸사.

"원장님, 안녕하세요? 저 기억하세요? 튼튼이(태명) 엄마예요!"

"안녕하세요! 그럼요, 당연히 기억하죠! (함께 진료실에 들어간 남편과 딸아이를 번갈아 보시며) 어머나! 아빠를 정말 많이 닮았네요?"

"아빠를 많이 닮았다고들 하더라고요. 아, 오늘 원장님을 찾아온 이유가…. 실은 제가 5년 차 무명작가예요. (가져간 두 권의 책을 건네 드리며) 지난 4월에 신간이 나왔는데요. 선물로 드리고 싶어서요."

(가뜩이나 크신 눈이 더욱 커지며) "어머! 작가님이셨어요?"

"제가 작년 진료 중에 개그우먼 정경미 님과 인연이 있다고 말씀을 드린 적이 있는데 기억하세요?"

"네, 기억해요! 그때 나중에 자세히 말씀해 주신다고 하셔서 궁금했어요."

(머리를 긁적이며) "실은…. 세 번째 책의 추천사를 세 분이 써 주셨는데, 그중 정경미 님도 계셨거든요. 저와 개인적 친분이 있는 건 아니고요."

(좀 전의 놀람보다 3배 더 큰) "어머나! (팔을 들어 올리시

며) 나 지금 소름이 돋은 거 봐요…. 그랬구나! (자리에서 일어나 악수를 청하시며) 작가님, 진심으로 잘 되시길 바라요. 꼭 성공하셨으면 좋겠어요!"

(원장님이 건넨 손을 내 두 손으로 감싸며) "우와…. 진심 어린 응원에 너무나 감사드려요. 원장님도 꼭 성공…. 아, 이미 성공하셨지…."

솔직히 이 정도로 놀라실 거라고는 예상하지 못했다. 원장님의 진심 어린 반응에 어찌나 기분이 좋던지. 찾아가길 참 잘했구나, 싶었다. 감사했다. 최 원장님뿐만 아니라, 동네 카페 사장님, 정기적으로 가는 치과의 원장님 및 실장님, 3달에 한 번씩 집으로 찾아오시는 정수기 매니저님, 이웃집 아주머니의 자녀 등 어쩌면 잠시 스칠 인연일지라도 내가 쓴 책을 선물하고 싶었다. 상대가 지인이든 아니든, '글로 선한 기운을 드리기'가 내 사명이니까. 하지만 나의 '본캐'를 드러내는 건 여전히 쑥스러운 일이다.

'지금은 유명하지 않으니까 싫고, 나중에 내 책이 베스트셀러가 되면, 그때는 누구를 만나든 내 본업을 밝힐래'

라는 생각이 불과 1년 전까지만 해도 가득했다. 하지만 이제는 아니다. 베스트셀러 작가가 되지 못한다고 해도 괜찮다. 통장에 찍힌 인세 금액을 보며 기쁨의 춤을 출 일이 없다고 해도 상관없다. 나는 내 글이 좋고, 많은 분께 동기를 부여하고 있으니 그걸로 족하다. 무엇보다 꾸준히 글을 쓰고 책을 읽으며 사색하는 지금이 좋고, 도서관 글쓰기 수업 및 동기부여 강연 등으로 많은 분과 삶을 나누는 요즘이 더없이 행복하다.

그런 의미로, 최 원장님! 세상 눈높이의 '성공'을 하지 못해도 저는 괜찮습니다. 제 시선으로는 성공을 넘어 기적의 하루하루를 걷고 있으니까요. 건네주신 따스한 응원, 절대로, 절대로 잊지 않을게요. 마음 깊이 감사드립니다.

작가님! 도서관에서 중국어 강의도 가능하실까요?

목요일, 도서관 온라인 글쓰기 강의 일정

1. 오전 10시부터 12시 30분 ○○ 도서관 강의

2. 오후 2시부터 4시 △△ 도서관 강의

3. 저녁 7시부터 8시 40분 □□ 도서관 강의

드디어(?) 오늘부터 '무한도전'이 시작됐다. 매주 목요일에만 세 군데의 도서관 온라인 글쓰기 강의가 잡혔기 때문이다. 총 6시간 10분을 수업하고 나니 가뜩이나 걸걸한 목소리가 더 가라앉았다. 몸은 좀 피곤해도 하루에 약 40명의 수강생분을 만날 수 있는 건 기적이자 복(福)이다. 내 경험을 전하는 것뿐만이 아닌, 그분들이 쓴 글로 삶을 나눌 수 있다는 사실에 감사하다.

더불어 수업 때마다 딸아이를 돌봐주시는 친정 부모님께 감사하다. 살림 및 육아에 큰 힘이 돼주는 남편도 고맙다. 매일 글 쓰고 강의하는 이 엄마에게 힘을 주는 (잘 먹고, 잘 놀고, 잘 싸고, 잘 자는) 울 아가도 고마워!

체력적으로 힘들긴 해도, 온라인 영상 속 수강생분들의 빛나는 열정으로 어느 때보다 뿌듯한 하루였다. 오늘 밤은 두 다리를 쫙 펴고 잠을 청해야겠다.

- 2021년 9월 9일, 블로그에 발행한 글

전국 도서관이나 대학교, 기업체에서 강의나 강연 제안을 받을 줄은 몰랐다. 몸은 피곤해도 내가 좋아하는 일을 하는 요즘이 너무나 행복하고 감사하다. (우리 딸이 확실히 복덩이가 맞네, 맞아!)

출판사 대표님의 저자 사랑도 내 감사한 항목에서 결코

빠질 수 없다. 며칠 전 대표님이 내게 물었다.

"작가님! ○○도서관 사서님한테 작가님을 추천하려고
하는데, 제 메일로 이력서 좀 보내 주실래요?"

그날 밤, 대표님 이메일로 내 이력서를 보내 드렸다. 다
음 날…. (속전속결)

"작가님이 보내 준 이력서를 사서님한테 보냈는데요, 너
무 좋아하시더라고요. 그런데 작가님, 중국어 강의도 가
능해요?" (이력서에 적힌 저서 중 중국어와 연관된 3권의
전자책을 보고 중국어 강의를 제안하신 듯하다)
"네? 중국어요? 중국어를 놓은 지 5년이나 돼서 당장은
누구를 가르치기가 어려워요."
"아, 그렇구나. 사서님이 이지니 작가님이 글쓰기 외에
중국어 강의도 가능한지 물으셔서요."
"정말요? 중국어 공부법이나 중국 문화 정도는 전할 수
있지만, 회화를 가르치기에는 시간이 필요해요."

저자의 앞날을 위해 이렇게 힘써주시는 출판사 대표님이 또 어디에 계실까. 이 자리를 빌려 다시 한번 감사의 말씀을 전하고 싶다. 어쩐지…. 중국어 번역이든 회화든 다시 공부를 시작하고 싶더라니…. 당장은 생후 9개월밖에 안 된 딸아이가 있어 육아에 더욱 신경 써야 하고, 내 본업인 책 쓰기와 강의에 집중해야 하는 때라서 중국어를 다시 시작하진 못하지만, 시간이 좀 더 흐르면 제대로 더 공부하고 싶다.

작가의 길을 걷게 되면서 더는 중국어를 사용할 기회가 없었다. 현실은 중국어를 손 놓고 있었지만, 중국어를 그저 머릿속 창고에 넣어 두기에는 지난 10년 동안 중국어에 들인 시간과 비용과 에너지가 아깝다. 무엇보다 외국어는 한 번 배워놓으면 평생 쓸 수 있는 무기가 아닌가. 10년 동안 사랑한 중국어를 추억으로 묻어 두기에는 아쉬웠는데, 얼굴도 이름도 모르는 사서님의 말 한마디에 확실히 다짐했다! '그래! 이제 더는 미루지 말고 중국어를 다시 시작하자! 하루에 단 10분이라도 매일 중국어 놀이를 해보자!' 중국어, 너와 난 떼려야 뗄 수 없는 사이구나.

매일 밤, 나는
하와이로 갑니다

    딸아이가 생후 200일이 넘으면서 밤 9시면 재운다. 물론 10시 이내에 잠들면 온종일 육아로 찌든 엄마인 나로서는 너무나 고맙지만, 어느 날에는 밤 9시에도 잠들었다가, 또 어느 날에는 밤 11시가 넘어도 잘 생각을 안 한다. 그래도 대략 밤 9시 30분 정도면 잠이 든다. 곤히 잠든 딸을 확인하면! 그다음은 드디어 육퇴(육아 퇴근), 내 세상이다.

    딸아이가 잠든 안방에서 가장 멀리 떨어진 곳에 온전한 나만의 세계인 서재가 있다. 이곳에서 글도 쓰고 책도 읽고, 온라인 강의나 강연도 하고 다음 책도 기획한다. 내 블로그 이름처럼 이곳은 '이지니의 글쓰기 놀이터'인 셈이다. 놀이터에 도착하면 바로 하는 일이 있다. 유튜브 검색

창에 '하와이 해변 음악'이라고 입력하고 그중 하나를 고른다. (나만의 세계에 음악이 빠지면 섭섭하지요~)

　하와이 해변 음악(이 정말 맞는지는 모르지만)을 듣게 된 지는 한 달이 채 안 됐다. 나는 하와이를 가본 적이 없지만, 남편은 결혼 전에 두 차례 방문한 적이 있다. 웃긴 건, 남편은 하와이를 자기 고향 그 이상으로 여겨서 그곳의 날씨, 공기 냄새(?), 음악, 음식 등을 무척 좋아한다. 다른 건 내가 하와이를 안 가봐서 모르겠지만, 가벼운 듯 섬세한 기타 연주가 딱 내 스타일이더라. 나만의 세계인 서재에서는 글쓰기나 독서를 주로 해서 가사가 덮인 노래보다 연주곡이 좋은데 잘 됐다 싶었다. 노랫말이 귓가에 들리면 작업에 집중하기가 힘들기 때문이다. 서재에서의 시간을 '글쓰기 놀이터'라고 표현했지만 읽고 쓰는 '즐거운 노동'이기도 하니, 집중이 안 되면 곤란하다.

　지그시 눈을 감은 채 귀로 음악을 담노라면 와이키키 해변 한가운데에 누운 기분이 든다. (경험한 적은 없지만, 왠지 그럴 것 같다. 하하) 지금 이 글을 쓰는 순간에도 몸은 비록 내 방이지만, 마음은 저 먼 하와이에 가 있다. 프리랜서의 최대 장점이 바로 집, 공원, 카페, 해외 어디서든 작업할 수 있다는 것인데, 그래서 마음만 먹으면 하와이에 갈 수 있는데…. 아, 야속한 코로나19여.

출산 전에는 내게 매일 주어진 24시간을 특별히 여기지 않았다. 그런데 육아로 정신없는 날이 계속되면서 하루에 1시간 아니, 30분이라도 오롯이 나에게 집중하는 시간의 소중함을 절실히 깨닫게 되었다. 좋아하는 '허니브레드'를 먹을 때면 순삭(순식간에 삭제가 된다는, 매우 빠르게 사라진다는 뜻)인데, 육아 중에 얻은 귀한 시간 역시 순삭이다.

어쨌든 나는 매일 밤 9시 30분, 하와이로 떠난다. 서재에서의 작업을 마무리하고 잠자리에 드는 '귀국길'에 오르는 시간은 내 마음대로다. 어제는 자정이 넘어서 귀국길에 올랐는데, 오늘은 몇 시가 되려나? 아, 이 평화로움…. 이대로 시간이 멈추면 좋겠다. 알로하!

입만 열면 깨는 여자가
도서관 글쓰기 강사가 됐을 때

무대 공포증(舞臺 恐怖症, stage fright, performance anxiety)
은 관객 앞에 공연해야 하는 상황에 의해 개인에게서 우러나
올 수 있는 불안, 공포 또는 지속적인 공포 장애이며 급성일
수도 잠재성(예 : 사진기 앞에서 공연할 때)일 수도 있다. 큰 무
대에서뿐만 아닌 발표하는 상황이나 여러 사람이 있는 상황에
서 주목받아도 증세를 보일 수 있다.

- 출처 : 네이버 위키백과

각종 면접이나 시험이 시작되기 전까지, 심장은 언제나
나를 괴롭혔다. 이제는 강의나 강연이 그렇다. 지난 9월 오
전 8시 반, 2시간 후에 있을 도서관 글쓰기 수업으로 긴장
한 탓에 아침 식사로 준비한 모카롤 케이크가 목구멍으로

잘 넘어가지 않았다. 병원에서 진단받은 적은 없지만, 난 아마도 '무대 전(前) 공포증'을 앓고 있는 것이 틀림없다. 그렇지 않고서야 수업이 긴장된다며 식사도 하지 못할 이유가 없지 않겠나. '나의 죽음을 적에게 알리지 말라'고 말한 이순신 장군님의 뒤를 이어 마음속으로 이렇게 외친다. '나의 떨림을 수강생분들께 알리지 말라!' (프로답지 않은 모습을 보이는 건 싫어 싫어~)

10시 땡! 무대 공포증의 'ㅁ'도 찾아볼 수 없는, 알 만한 사람은 다 안다던 '이지니의 긍정 에너지'가 발산되는 순간이다.

"안녕하세요, 여러분!" (잇몸 만개는 필수!)

화면을 뚫고 나올 듯한 부담스러운 미소와 활기찬 목소리에, 화면 속 13명의 수강생분이 놀란다. 예상한 결과다. 대부분 글쓰기(가 아니어도) 수업을 진행하는 강사님들의 태도는 단아함이 기본이며, 목소리의 높낮이가 크게 구별되지 않는 평온함을 유지한다. 그와는 정반대인 내 모습에 놀랄 만하다. 아마 나처럼 "제 목소리가 걸걸하지요?" "보시는 것처럼 저는 리액션이 좋습니다. 과거 방청객 아르바이트를 할 때, 맨 앞자리에 앉아 호응을 참 잘한다는 칭찬을 받았지요. 하하."라며 누구 하나 묻지도 않은 말에 오지랖 세우는 강사는 많지 않으리라. 이건 뭐, 외로워도 슬퍼도 울지 않는 '들장미 소녀 캔디'에게 명함을 내밀 만큼의 발랄함이다.

결혼 전, 밥 먹듯 소개팅하던 시절을 잠시 꺼내 보자.

"지니야, 넌 소개팅에서 말 많이 하지 말고, 그냥 미소만 지어."

"왜?"

"넌 입만 열면 깨니까…."

예쁜 얼굴은 아니지만 그렇다고 비호감도 아닌지라, 입만 열지 않으면 퇴짜를 맞을 일은 없다며 내 소개팅 성사를 위해 친구로서 해주는 조언이란다. '내숭'과는 지구 반대편만큼 거리가 먼 나란 걸 친구도 잘 알지만, 상대방 남자의 발언에 현란한 맞장구는 기본, 오지랖 넓은 발언은 제발 자제해 달란다. 하지만 난 그녀의 말을 듣지 않았다. "연극은 언젠가는 끝나기 마련이야. 얌전한 척해서 남자들이 좋아한들, 얼마 가지 못해 내 진짜 모습을 알게 되면 날 떠나겠지."라며 가수 유희열 님의 멋들어진 말을 빌렸다.

글쓰기 수업을 진행한 지 어느덧 2년 차, 유희열 님의 명언을 잊은 채 여느 강사님들처럼 차분하게 진행하고 싶다는 마음이 또다시 수면 위로 올랐다. 하여, 실제로 수업할 때 말도 좀 더 천천히 하고, 웃을 때도 입속 어금니가 보일 정도의 "하하"가 아닌, 손으로 입을 살짝 가린 채 "호호"라고 하며 나를 숨겼다.

하지만 '거짓된 모습'에 나 스스로 거부감이 들었던 걸까? 그토록 바라던(?) 모습을 10분도 지속할 수 없었다. 신이 날 이렇게 만들었고, 부모님이 날 이렇게 낳고 기르셨으니, 있는 그대로의 모습으로 사는 게 낫다는 생각이 나를 깨웠다. 누가 봐도 단점이고, 나쁜 습관이면 바꾸려고 노력해야 마땅하지만, 활발하게 강의를 진행하는 내 모습이 반드시 고쳐야 하는 '나쁜 습관'은 아니니까. 무엇보다 지금껏 수업을 진행하면서 '진짜 내 모습'을 좋아해 주는 분이 많다는 것 또한 잊어서는 안 되리라!

솔직한 내 모습으로 충분하다고 생각한 결정적인 이유는 앞서 말한 지난 9월에 진행한 수업에서의 일 때문이다. 첫 수업마다 나는 수강생분들께 "이 수업을 신청하신 이유가 뭔가요?"라고 묻는데, S 님이 "일단, 저는 이런 수업인 줄 전혀 몰랐어요."라며 첫마디를 건네시는 게 아닌가! 무대 전 공포증으로 어렵게 진정된 심장이 또다시 나대기 시작했다.

'이런, 내 수업이 마음에 안 드셨구나….'

불길한 예감은 틀린 적이 없는데….
하지만 처음으로 내 예감이 틀·렸·다.

"대부분 글쓰기 수업이라고 하면 진행하시는 분이 차분하고, 그래서 수업 분위기도 뭔가 조용한데, 이 수업은 강사님부터 밝은 에너지가 장난이 아니시고, 강의 내용 하나하나가 굉장히 동기가 부여돼서 앞으로 남은 수업도 기대가 큽니다!"

세·상·에
엄마…. 나 울어도 돼?
(기쁨의 눈물은 이럴 때 흘리는 거라고 배웠어요)

S 님의 말을 들으니, <5년 차 무명작가 이지니, 하늘을 날다>라는 제목으로 저예산 영화를 찍고 싶을 만큼 기분이 좋았다. 어디서 하든 수업 때마다 하는 이야기가 있다.

"여러분이 글쓰기 수업을 신청하신 이유가 뭔가요? 수업 내용만 잘 듣기 위해서가 아닌, 수업이 종료된 이후에도 꾸준히 글을 쓰고 싶으셔서 신청하셨을 겁니다. 제가 단 4주 동안 여러분의 글쓰기 실력을 높여드린다는 말은 할 수 없지만, 계속해서 글을 쓸 수 있도록 동기를 부여해 드리는 일만큼은 자신 있게 도울게요!"
이 말을 아직 하지도 않았는데, S 님이 어찌 아시고 먼저

하시나! 감사했다. 진지하지만 유쾌한 수업을, 시들은 글쓰기에 열정의 불을 지피는 수업을, 그래서 수강생분들이 목표가 있는 삶으로 나아갈 수 있도록 해야지. 더 깊은 사명감으로 수업에 임해야지. 아자!

중국어 캘리그라퍼 엘리와의
우정 이야기

　어제 KBS2 예능 프로그램 <옥탑방의 문제아들>을 봤다. '양꼬치엔 칭따오'로 잘 알려진 배우 정상훈 님이 손님으로 출연했는데 MC 송은이 님과 각별한 사이라고 했다. 그녀는 정상훈 님에게 개그맨보다 더 좋은 입담을 자랑한다며 칭찬을 아끼지 않았다. 그러고 보니, 나도 정상훈 님이 본래 개그맨으로 데뷔한 줄 알았다. 이어 그는 무명 시절 이야기를 전했는데, 생각보다 길어진 무명 생활이 자그마치 17년이란다. 힘든 시절을 버틸 수 있었던 건, 그녀(송은이)가 전한 말의 힘이라고 했다.

　정상훈 누나가 가끔 내게 전화를 해요. 그때마다 "상훈아, 넌 지금 잘하고 있어!"라는 말을 잊지 않았죠. 나를 믿어준 누나의 존재만으로 감사했어요. 힘든 시절 버티는 힘이었으니까요. 그러다 내가 TV에 나오기라도 하면, 마치 자기 일처럼 기뻐해 준 누나였어요. 지금도 마찬가지고요. 누나는 초석과 같은 나를 다듬어 준 사람이에요.

송은이 상훈이가 고생한 걸 너무 잘 알죠. 생각보다 길어진 무명 생활에 행여 위축되진 않았을까, 안부를 묻는 것조차 조심스러웠어요. 친동생 같아서 더 신경이 쓰였던 것 같아요. 언젠간 잘 될 내 동생이란 걸 알고 있었기에, 계속 응원하며 기다렸어요.

∞∞∞∞∞∞∞∞∞∞∞∞

정말 좋은 인연은 각자의 삶을 열심히 살아가는 과정에서 만나게 된다. 열심히 살면 나를 알아주는, 나와 비슷한 삶을 살아가는 친구 한둘은 반드시 생긴다. 백아와 종자기 같은 천하가 알아주는 친구 사이는 아니더라도 서로 걱정해 주고 잘 되기를 바라고 질투하지 않는 친구면 족하다. 그런 친구만 있어도 인생은 충분히 살아갈 만하다.

- 김선경, 『서른 살엔 미처 몰랐던 것들』

친구라고 해서 어떠한 이야기를 나누든 다 나와 의견이 잘 맞는 건 아니다. A와는 일상 수다가 즐겁고, B와는 결혼 생활 이야기가 잘 통하며, C와는 고민이나 조언을 나눌 때 편안하다. 이 글에서 전할 '엘리'는 꿈과 비전을 나눌 때 물 흐르듯 잘 통하는 벗이다.

엘리와의 만남

2014년 11월, 개인적인 일로 다니던 회사를 그만두고 중국 칭다오에 3달 동안 머물게 됐다. 이때 한국으로 돌아가면 나는 또 어떻게 살아야 할지, 어떤 일을 해야 할지를 고민했다. 그러던 중, 중국 청춘 드라마 <총총나년(匆匆那年)>이 재미있어서 대사를 번역했고, 번역한 대사를 블로그에 올렸다. 1화, 2화…. 포스팅이 늘어나면서 자연스레 댓글이 달렸다.

"한국어 번역본이 필요했는데, 이렇게나마 내용을 알 수 있어서 정말 좋아요!"

"우리말로 맛깔스럽게 번역하셨네요!"

"다음 화도 기대할게요!"

블로그 이웃들의 칭찬에 해가 달로 바뀌는 줄도 모르고 번역에 몰입하던 때, 영상 번역을 전문적으로 배울 수 있는 곳을 알게 됐다. 심지어 귀국 날짜와 수강일까지 비슷해 "이건 운명이야!"를 외치며 등록을 마쳤다.

2015년 1월, 강의실에서 처음 그녀를 만났다. 당시만 해도 5년이 지난 지금까지 인연이 이어질 거라고는 생각하지 못했다. 낮에는 방송대 ○○ 교수님의 TA(수업 조교)로 일하고 밤에는 한국외대 중문과 석사 논문과 영상 번역 과제를 해내던 그녀의 모습을 나는 잘 기억한다. 작은 체구에 어찌 그런 울트라 파워가 나오는지 그 원천이 궁금해서 묻고 싶어질 정도였으니까 말이다. '실행' 하면 빼놓을 수 없는 사람이 그녀다. 첫인상으로는 몰랐는데, 한 해 한 해 지나면서 그녀의 실행력에 매번 놀란다.

기관에서 배우는 과정을 전부 끝낸 후에 스승님의 배려

로 곧장 일감을 얻었다. 대만 배우 주결륜의 대표작인 영화 <말할 수 없는 비밀> O.S.T를 시작으로, 회사 광고, 대만 드라마 번역 등을 했다. 특히 아이돌 그룹 '갓세븐'이 출연하는 예능을 번역하면서 그녀와 함께 작업하는 시간이 늘었다. 전화나 메시지는 물론 합정역 부근 스타벅스에서 잦은 만남을 가졌다. 같은 일을 하니 친해지는 게 당연한 줄 알았다. 약 3년 전까지만 해도 말이다.

지금 그녀는 중국어 캘리그래피 전문가로, 나는 작가의 길을 걷고 있다. 사는 지역도 다르고, 이제는 바라는 목표마저 서로 달라 자연스레 연락이 뜸해질 줄 알았는데, 부끄러운 착각이었다. 요즘도 거의 매일 연락을 주고받으며 서로의 좋은 기운을 주고받고 있다. 누군가가 우리의 문자 메시지를 본다면 기겁할지도 모르겠다. 아주 그냥 '얼씨구나 좋다!'의 행렬이다. 둘 다 자존감은 또 얼마나 높은지. 구름까지 뚫을 기세다.

"언닌 정말 멋져! 앞으로 최고의 작가가 될 거야!"
"엘리, 너야말로! 널 보며 많이 배운다."

"언니 덕분에 더욱 힘이 난다. 고마워."

"넌 잘될 수밖에 없어! 멋져!"

그녀는 손으로 하는 건 다 잘한다. 특히 중국어 캘리그
래피와 그림과 글씨가 어우러진 부채, 달력, 엽서, 액자 등
을 만드는 솜씨가 기막히다. 조리법이 앞에 있어도 왜 내
가 만든 요리는 짜거나 단 것인지…. 그녀는 똥손인 내게
만능 연예인과 같은 존재다. 결혼을 축하한다고, 북 콘서
트 축하한다고 직접 만든 작품을 선물할 때마다 고마운 마
음에 내 얼굴에 주름이 잡히든 말든 환하게 웃는다. 그녀
의 작품을 집안 곳곳에 전시(라고 하고 싶네요)했는데 보는
사람마다 멋지다고 난리다.

"이런 귀한 선물을 받다니! 넌 정말 인복이 많아!"

오후 1시, 진짬뽕(라면)을 끓이려 거실로 나오다가 우체
국 택배가 왔길래 열어보니 그녀가 보낸 선물이었다. 배추
서너 포기는 들어갈 만큼 큰 상자였다. 선물을 둘러싼 뽁
뽁이를 다 제거하기도 전에 내 입에서 독백이 쏟아졌다.

"아, 엘리야…."

"고마워서 이를 어째…."

"정말 멋진 작품이잖아!"

며칠 전, 서울 종로구 인사동에서 '오늘, 세상을 위로하다'라는 이름으로 캘리그래피 전시회가 있었다. 출품 작가 중 그녀도 있었다. 사정상 가지 못해 그녀에게 작은 축하 선물을 보냈는데, 그 고마움으로 보냈다고 하더라. 상자 안에는 전시회 팸플릿과 캘리그래피가 새겨진 부채, 편지, 사진 앨범, 나와 남편을 그린 액자가 담겨 있었다. 모두 그녀가 직접 만들었다. 어느 것 하나, 정말…. 이걸 어떤 말로 표현해야 좋을지 잘 모르겠다. 내 마음을 전하는 아주 적절한 단어가 있으면 좋을 텐데 사전에 없어 안타깝다는 생각이 들 정도였다.

관계에 있어 '내가 상대방에게 준 만큼, 나도 상대방에게 받는다'를 뜻하는 '기브 앤 테이크(GIVE AND TAKE)'는 중요하다. 상대에게 무엇을 바라고 주는 건 아니지만, 우리가 조건 없이 주기만 하는 신(神)이나 부모는 아니지 않나. 성의란 금액을 떠나 '신경 써줘서 고마워'라는 감사 표시다. 일방적으로 받거나 주기만 하는 사이는 경험상 그리 오래가지 않는다.

작가가 되려 마음먹은 4년 전, 내 재정 상태는 최악이었다. 글쓰기에 참고하라며 책을 보낸 친구, 밥을 사준 친구, 커피 쿠폰을 보낸 친구가 있었다. 3천 원짜리 커피 한 잔도 사 먹기 힘든 형편이었지만 그들의 손길이 고마워 작은 성의라도 전하려 했다. 내가 힘들다고 받기만 하지 않았다. 하물며 엘리는 날 위해 시간과 정성까지 쏟았다. 그 고마움에 눈물이 났다.

이제 우리는, 자신이 좀 더 잘할 수 있고 잘 아는 분야를 전하는 사이가 됐다. 서로에게 선한 영향력이 되어 감사하다. 상대에게 안 좋은 일이 일어나면 위로함은 물론이고, 좋은 일에 더욱 기뻐하며 축하해주는 지금의 사이가 지속되기를. 매일 꽃길일 수는 없지만, 자갈을 밟는다고 해도 위기가 곧 기회라 여기며 감사히 건너는 우리가 되기를 바란다.

"엘리야, 고맙다. 너라는 벗을 만나 얼마나 감사한지 몰라. 나도 뭔가 보답하고 싶은데…. 똥손이라 너처럼 귀한 작품을 만들기엔 한참 모자랄 것 같다. 내가 가장 좋아하는 '글쓰기'로 대신할게. 핑계도 좋지? 늘 그랬듯 앞으로도 함께하자! 사랑해."

우리는 서로를 걱정해 주고 잘 되기를 바라며 질투하지 않는 사이다. 자신이 하는 일에 좋은 일이 생기거나, 어떤 일을 새로 시작하기 전에도 상대방에게 알린다. 그럼 자기 일처럼 뛸 듯이 기뻐하고 응원하며 진지하게 조언도 한다. 아이디어를 주는 일도 잊지 않는다. 정말이지 이런 벗이 있다는 건 축복이다.

"언니는 지금 잘하고 있어!"

몸과 마음이 닿는 데까지 글을 써서 책으로 엮겠다는 이 '좁은 길' 위를 멈추지 않고 걸을 수 있는 건, 그녀의 말 덕분이다. '빨리 가려거든 혼자 가고, 멀리 가려거든 함께 가라'는 아프리카 속담처럼 각자의 분야는 다르지만, 앞으로도 서로에게 선한 자극을 주고받고 싶다. 변함없이 내 편인 엘리여, 영원하라!

닮고 싶은 사람,

내가 되고 싶은 사람,

함께 있으면서 배우고 싶은 사람을 가까이 할 것

- 워런 버핏 -

'독고다이' 엄마지만
괜찮아!

"어머님도 일하시죠?"

"네, 회사로 출퇴근하진 않지만 집에서 일합니다."

딸아이가 다니는 어린이집의 원장님과 담임 선생님이 내게 물었다. 분명 '맞벌이'로 입소 신청을 했는데, 이 엄마가 매일 트레이닝 복장에, 가끔은 머리도 감지 않은 채 모자를 푹 눌러쓰고 아이를 등원시켜 정체가 궁금했나 보다. (다행히 무릎이 튀어나온 바지를 입고 간 적은 없다. 휴….)

딸아이를 등원시키고 혼자 집으로 돌아오는 길에 단지 곳곳에 있는 의자에 삼삼오오 모여 수다 삼매경에 빠진 엄마들을 본다. 얼굴에 철판을 깔아 "저도 끼워주세요!"라고 말하고 싶지만 참는다. 가뜩이나 육아는 '정보력'이라는데, 그야말로 '독고다이(스스로 결정하여 홀로 일을 처리하거나 그런 사람을 속되게 이르는 말)'인 나라서 모임이 절실할 때가 있다. 엄마들이 모인 단체 카톡방도 없다.

그러나, 목구멍까지 차오른 '함께 해요!'라는 말을 내뱉지 못하고 거두기를 여러 차례. 이유는 하나다. 얼른 집으로 가서 도서관 글쓰기 온라인 수업을 진행해야 하고, 다음 책을 기획해야 하며, 블로그나 인스타그램에 업데이트할 사진이나 글감을 수집해야 한다. 게다가 딸아이를 육아한다는 핑계로 아직 읽지 못한 책이 가득하다. 딸아이가 어린이집에 있는 동안에 하지 않으면 정말로 시간이 없다. 그렇다고 해서 외롭고 고독한 엄마라며 얼굴을 붉히지 않는다. 내게는 꿈이 있으니까. 으하하.

이 글을 쓰는 지금, 딸은 생후 17개월이다. 눈 깜짝할 사이에 훌쩍 자라겠지. 나를 위로하려는 말일 수 있지만, 내가 중시하는 교육은 '산 교육'이다. 비록 엄마가 아파트 단지 내에 친한 사람 하나 없지만, 방구석에서 열심히 꿈을 만들고 있다는 건 명백하다. (지금 여러분은 자화자찬 중인 왕따 맘을 보고 계십니다)

오프라인 도서관 강의나 강연이 늘어나면 딸아이를 내 일터로 데려갈 생각이다. "얘야, 책 읽어야지!"가 아니라, 직접 책을 읽고 글을 써서 강의하는 엄마를 본다면, 집 안에서 이거 해라, 저거 해라, 말만 하는 것보다 교육적으로 훨씬 낫지 않을까? (아이고, 작가이기 전에 나도 '엄마'라고 이런 이야기를 쓰는구나)

오늘도 나는 방구석에서 책을 읽고, 글을 쓴다. 한 해 한해 더 나은 글로 독자님들을 만나고 싶어서 좋은 글감이나 아이디어가 머리 위를 스치면 재빨리 메모한다. 특별히 이번에는 원고 전문과 출간 기획서, 투고 인사말을 써서 100군데 출판사에 일일이 투고하지 않아도 됨에 더없이 감사하다. 그래서 지면을 통해 다시금 인사드리고 싶다.

"출판사 대표님, 오롯이 글에만 전념할 수 있게 해 주셔서 감사합니다!"

오늘도 인스타그램과 블로그를 연다. 재차 말하지만, 나는 노는 게 아니다. 일하는 중이다!

· 저자 이지니 ·

2016년 전업 작가가 되기로 결심함 (실제로는 2020년부터 전업 작가)

2017년 『꽂히는 글쓰기의 잔기술』 출간

2018년 『아무도 널 탓하지 않아』 출간

2019년 『영심이, 널 안아줄게』 출간

2020년 『힘든 일이 있었지만 힘든 일만 있었던 건 아니다』 출간

2021년 『무명작가지만 글쓰기로 먹고삽니다』 출간

2022년 『말 안 하면 노는 줄 알아요』 출간

· 종이책 출간 일지 ·

『꽂히는 글쓰기의 잔기술』: 70군데 투고 후 아롬미디어와 계약, 출간

『아무도 널 탓하지 않아』: 투고 예정이었는데 책 쓰기 과정 중에 만난 분이 1인 출판사를 시작하면서 원고를 책으로 내주겠다고 해서 진행

『영심이, 널 안아줄게』: 앞에서 낸 출판사에서 연이어 출간

『힘든 일이 있었지만 힘든 일만 있었던 건 아니다』: 자가 출판 플랫폼에서 출간

『무명작가지만 글쓰기로 먹고삽니다』: 50군데 투고 후 세나북스와 계약, 출간

『말 안 하면 노는 줄 알아요』: 세나북스 기획, 계약, 출간 (작가 6년 차 만에 처음으로 투고하지 않음)

방구석 프리랜서 작가의 일과 꿈 이야기

말 안 하면 노는 줄 알아요

1판 1쇄 인쇄   2022년 9월 20일

1판 1쇄 발행   2022년 9월 30일

지 은 이   이지니

펴 낸 이   최수진

책임편집   윤나경

펴 낸 곳   세나북스

출판등록   2015년 2월 10일 제300-2015-10호

주   소   서울시 종로구 통일로 18길 9

홈 페 이 지   http://blog.naver.com/banny74

이 메 일   banny74@naver.com

전 화 번 호   02-737-6290

팩   스   02-6442-5438

I S B N   979-11-979164-9-6 03810